KB114046

전생부터 다시

홍성은 장편소설

FUSION FANTASTIC STORY

Re Pre Life

전생부터 다시 7

홍성은 장편소설

초판 1쇄 찍은 날 § 2017년 8월 22일
초판 1쇄 펴낸 날 § 2017년 8월 29일

지은이 § 홍성은
펴낸이 § 서경석

편집책임 § 이지연

펴낸곳 § 도서출판 청어람
등록번호 § 제387-1999-000006호
등록일자 § 1999. 5. 31
어람번호 § 제1-2753호

주소 § 경기도 부천시 부일로 483번길 40 서경B/D 3F (우) 14640
전화 § 032-656-4452 팩스 § 032-656-4453
http://www.chungeoram.com
E-mail § chungeorambook@daum.net

ISBN 979-11-04-91432-4 04810
ISBN 979-11-04-91240-5 (세트)

7

전생부터 다시

홍성은 장편소설

FUSION FANTASTIC STORY

Re Pre Life

전생부터 다시

Re Pre Life

목차

52장
그들은 한 번 성공했다 II

레물로스 왕국 측은 서두르던 진군을 멈추고 구 윌리엄 공작령에서의 기반을 다지는 데 주력하기 시작했다. 그 원인으로 생각할 만한 건 하나밖에 없었다. 바로 로렌, 즉 디셈버와 적 워 오우거 전투 집단인 프라이드와의 짧은 일전이 그것이었다.

로렌은 프라이드를 전멸시켜 버렸다. 프라이드는 왕국군 상층부에 어느 정도의 의견을 개진할 수 있을 정도로 위상이 높은 특수부대였다. 그 위상은 오로지 실적과 실력으로 얻어낸 것이었다.

반대로 말하면, 이러한 프라이드를 전멸시킨 로렌의 위업은 레물로스 왕국군 측을 긴장시키기에 충분하다고도 할 수 있었다.

어쨌든 이는 호재이자 동시에 악재였다.

로렌은 시간을 벌었지만, 그건 적들도 마찬가지다. 지금 당장은 로렌에게도 시간이 필요하지만, 시간이 갈수록 다르키아 왕국 측이 불리해진다.

레물로스 왕국이 이대로 전쟁을 끝내고 윌리엄 공작령을 점유하려 시도한다면 그 시도를 막아내기가 매우 번거로울 것이다. 전투는 선공이 유리하나 전쟁은 그렇지 않다. 기습을 할 수 있다면 이야기가 달라지지만 레물로스 왕국 측에도 프라이드 같은 '축복받은 자'가 있다.

더불어 이렇게 전쟁이 끝나 버리면 이 전쟁은 패전이 되는 셈이 된다. 다른 주변 세력이 이 결과를 어떻게 받아들일까? 굶주린 하이에나들이 약해져 만만해진 상대를 그냥 두지 않을 것이 빤했다.

시간이 질질 끌려 장기전이 되어도 국력의 낭비가 심할 것이다. 더군다나 다르키아 왕국의 적은 레물로스 왕국뿐만이 아니다. 도이힐 영주 연합과도 전쟁 중이다.

여러모로 다르키아 왕국 측이 더 불리했다.

레물로스 왕국 측도 이러한 제반 사항은 다 잘 알고 있을 것이다. 그러니 작은 위험 요소라 할 수 있는 디셈버를 보고 진군을 멈추고 장기전을 대비하는 선택을 한 것이겠고.

만약 다른 일이 없었더라면 로렌은 적들의 이러한 움직임에 꽤 속을 끓였을 테지만, 지금 당장은 로렌에게도 호재였다.

미래의 로렌이 시간 파괴 주문을 쓴다는 생각지도 못한 일이 일어남에 따라, 로렌도 전쟁에만 몰두할 수 있는 형편이 아니었다.

이런 상황에서 적들이 수세에 들어감에 따라 로렌도 운신의 여지를 얻을 수 있게 되었다는 건 정말 다행한 일이 아닐 수가 없었다.

*　　　*　　　*

원래대로라면 미처 신경 쓰지 못했을 암살자, '광신자' 베르나의 움직임이 감지된 것도 이때였다. 베르나는 자신의 움직임을 완전히 숨겼다고 생각했겠지만 그렇지 않았다.

베르나의 세 번에 걸친 암살은 완벽했고, 그녀는 아무런 흔적도 남기지 않았다.

문제는 그녀의 과거였다.

암살과 암살자에 민감한 로렌의 성향 때문에 그 휘하의

정보 집단도 신경질적이라 할 수 있을 정도로 암살자들의 정보를 수집해 대었다.

당연하게도 국외로 나가지 않고 다르키아 왕국에 체류 중인 암살자들의 리스트도 확보된 상태였다.

그 리스트에 베르나의 이름도 올라와 있었다.

정확히는 베르나는 가명이고, 다른 이름의 '코드명'으로 리스트에 등재되어 있었기에 파악이 늦었던 것뿐이었다.

베르나의 첫 '완벽한 암살' 사례인 하이어드 랑트 암살 때는 정말 아무것도 파악하지 못했으나, 두 번째 사례인 기사 암살, 세 번째 사례인 광장에서의 일반인 암살로 꼬리가 밟혔다.

알고 보면 간단한 이야기였다. 범행이 저질러진 세 지역 모두에 모습을 드러냈던 '전직' 암살자가 그녀뿐이었다.

대부분의 프리랜서 암살자가 다르키아 왕국에서 도망가 버렸기에 가능했던 추론 방식이었다.

베르나가 신탁을 받기 전, 그러니까 '완벽해지기 전'의 인적 사항도 이미 수집되어 있었다. 그 인적 사항에는 그녀의 외모, 목소리, 필적도 포함되어 있었다.

그리고 그 데이터에 따라, 로렌의 정보 집단은 베르나의 현 소재지를 파악해 냈다.

만약 '미래의 로렌'이 시간 파괴 주문으로 '현재로 돌아오지' 않았더라면, 로렌은 전쟁에 몰두하느라 베르나에 대한 처리를 정보 집단에 일임했을 것이다.

그러나 지금의 로렌은 베르나의 일을 무시할 수 없게 되었다.

히드라의 피에서부터 전달되어 온 한 통의 보고서가 그를 일으켜 세웠다.

베르나는 지금 라핀젤 자작령에 있었다.

위치는 파악되었으나 추적은 불가능.

보고서의 내용은 로렌을 화나게 만들었지만, 그 분노의 대상은 '히드라의 피'가 아니었다.

"젠장… 처음부터 양동작전이 목표였군."

로렌은 이를 득득 갈았다.

로렌 하트의 시대에는 존재조차 확인되지 않았던 '그분들'이 갑작스럽게 역사의 이면에 등장해 간섭의 손을 내민 이유가 무엇이었는가.

루시아 대공은 라핀젤의 생존과 자작령 영주로의 등극이라고 짚었다.

어떤 이유에서 그러는 것인지는 모르지만, '그분들'은 웰시 엘프든 뭐든, 인간 외의 다른 종족이 영주로 등극하는 것을 그리 반기지 않는다.

그래서 '무자각자'인 발레리에 대공에게 신탁을 내려 자작령을 침공토록 했다. 라핀젤 자작을 영주 자리에서 끌어내리려는 시도였다.

그 시도는 결과적으로 실패했다.

'그분들'은 지난번의 시도가 왜 실패했는지 그 원인을 분석했다. 그 원인이란 다름 아닌 로렌의 활약이었다. 그 교훈을 살려 이번에는 더 나은 수를 동원했다.

로렌과 라핀젤을 떨어뜨려 놓는다.

양동작전이란 바로 이것을 가리켰다.

레물로스 왕국과 도이힐 영주 연합의 선전포고는 로렌이라는 유능하고 강력한 조력자를 라핀젤로부터 떨어뜨려 놓는 방편에 지나지 않았다.

그 결과, 이번에는 '그분들'의 시도는 '미래'에 이미 한 번 성공했다.

생각보다 강력한 레물로스 왕국 측의 전력에 놀란 로렌은 자작령의 전력들도 긁어모아 전선에 동원했다. 그리고 그렇게 자작령의 방어가 느슨해진 틈을 타 '그분들'은 암살자 베르나에게 신탁을 내렸고, 베르나에 의해 라핀젤은 살해당했다.

아직 일어나지 않은 미래의 일이지만, 시간 파괴 주문을 사용한 로렌의 시점에서 보자면 이미 한 번 일어났던 일이기도 했다.

베르나가 '축복받은 자'인 건 확정적이었다.

지난 세 번에 걸친 대담한 암살 방식은 베르나가 그 이전까지 보여주었던 별 볼 일 없었던 과거의 행적과는 크게 동떨어져 있었다. 베르나라는 새 이름을 쓰기 전의 그녀는 소심하고 소극적인 암살자였다.

암살을 행할 때마다 급격하게 성장한 암살 능력도 그녀가 축복을 받아 능력을 얻었음을 가리키고 있었다.

그리고 로렌이 자작령에서 전력을 긁어모았다고는 하지만, 레윈만큼은 라핀젤의 호위로 남아 있었다. 별의 영역에 한발 걸친 마법사인 레윈을 뚫고 라핀젤을 암살하는 건 쉬운 일이 아니다.

그러나 베르나는 '미래에 한 번', 이미 암살을 성공시킨 바 있었다.

로렌은 곧장 모건 르 페이에게 연락해 라핀젤에게 이동하지 말고 자작령에 머물고, 경계 수준을 최대로 끌어 올리라고 주문했다. 지금 이동하는 건 도리어 위험했다. 그냥 라핀젤만 이쪽으로 불러들이려고 한 자신의 판단이 안일했다는 걸 인정했다.

"내가 직접 가야 해."

로렌은 확신했다.

"내가 직접 가지 않는 한, 암살을 막을 수 없어."

'미래의 로렌'은 그렇게 생각했기에 시간 파괴 주문을 사용한 것이리라. 만약 로렌조차도 암살을 막지 못할 것이라고 생각했다면 마법 서킷을 하나 희생해서까지 시간 파괴 주문을 사용하지는 않았을 테니까.

그러니 로렌이 가야했다.

*　　　*　　　*

베르나는 본래 평범한 암살자였으나, 운명에 의해 그녀의 인생은 일변하게 되었다.

"하늘의 목소리를 들었어."

그녀는 한 달 전에 세 번의 신탁을 연속해서 받았다.

어째서 자신이 하이어드, 기사, 광장의 일반인을 죽여야 하는지 몰랐으나, 그녀는 의심 없이 신탁을 따라 행했고 그로 인해 축복을 받았다.

[필살]

[은밀]

[점멸]

첫 축복으로 얻은 [필살]은 기사마저도 일격에 죽일 수 있는 공능을 부여해 주었다.

두 번째 축복으로 얻은 [은밀]은 그녀 본인이 투명 인간이 아닐까 생각하게 될 정도로 완벽한 은신 능력을 부여해 주었다.

세 번째 축복으로 얻은 [점멸]은 그녀로 하여금 눈 한 번 깜짝이는 순간에 12m나 이동할 수 있게 해주었다.

다른 '축복받은 자'와의 교류가 있었더라면, 베르나는 자신이 얼마나 큰 특혜를 받았는지 금방 알게 될 터였다. 보통 다른 '축복받은 자'들은 하나의 능력을 조금씩 강화시키는 방식으로 축복이 작용한다.

예를 들어 프라이드의 아무르도 지휘 능력을 세 번에 걸쳐 강화시켰고, 란체 드워프 퀘벡의 경우에는 무적 능력의 개화를 위해 무려 10번의 신탁을 이행해야만 했다.

그런데 베르나는 단 세 번의 축복으로 이렇게까지 강력한 능력을 세 개나 손에 넣었다. 그것도 며칠 만에. 왜 자신에게 이렇게까지 편애와 특혜가 가해졌는지 그녀는 몰랐다. 베르나는 오로지 혼자 활동했으므로.

자신이 활동하는 다르키아 왕국이 암살자에게 얼마나 가혹한 환경인지 잘 알고 있었기에 베르나는 자신의 정체나 신탁, 축복에 관한 것을 그 누구에게도 알리지 않았다.

가혹한 환경임에도 불구하고 그녀가 다르키아 왕국에 남아 있는 이유는 오직 하나.

새로운 신탁이 그녀에게 이렇게 명령했기 때문이다.

[라핀젤 자작을 죽여라.]

그래서 베르나는 라핀젤 자작을 죽이기로 했다.

다른 생각 같은 건 할 필요가 없었다. 의뢰를 받으면 수행한다. 조직에 속해 있었던 시절의 습성이 아직 그녀에게는 남아 있었다.

*　　　*　　　*

로렌은 말을 탔다. 하늘을 날아가고 싶은 마음은 굴뚝같으나, 베르나를 직접 상대하기 전에 마력을 낭비하는 건 별로 좋은 선택이 아니었다. 아무리 별의 몸을 통해 큰 소모 없이 도약을 연속으로 사용할 수 있다고는 해도, 소모가 전혀 없는 건 아니었으니까.

그리고 로렌류 기마술도 꽤 개량을 거쳐서 말에 큰 부담을 가하지 않고 신체 능력을 향상시킬 수 있도록 만들었다. 사흘 정도는 쉬지 않고 전속력으로 달리게 할 수 있을 터였다.

"이럴 줄 알았으면 스칼렛을 하루만 더 붙들어둘걸."

그렇다곤 하더라도 스칼렛을 타고 나는 것만은 못했다. 로렌은 잠깐 후회했지만, 후회해 봐야 소용없었기에 금방 잊었다.

이동하는 동안은 자주 모건 르 페이를 통해 라핀젤과 연락하면서, 최대한 안전을 기하도록 주의를 당부했다.

'그나마 직통 연락이 되는 모건 르 페이가 있어서 다행이로군.'

연락마저 안 되는 상황이었다면 불안해서 어떻게 살았을까. 지금도 이렇게 불안한데. 로렌은 뻐근해진 어깨에 공력을 돌리며 달리는 말에 박차를 가했다.

서두른 보람이 있어, 사흘째가 되는 날 밤에 로렌은 라핀젤 자작령의 경계에 들어설 수 있었다.

먹지도 자지도 못하고 사흘 내내 혹사당한 탓에 말은 완전히 지쳐 버렸다. 로렌은 회복 주문으로 말을 치유시켜 주고는 홀로 몸을 날렸다. 여기서부터는 도약 주문을 통해 하늘을 날아가는 편이 나을 것이라고 판단했기 때문이었다.

침식을 거른 건 로렌도 마찬가지였다. 그래서였을까, 로렌은 잠깐 방심하고 말았다.

날카로운 칼날이 자신의 심장에 닿은 후에나, 로렌은 본인이 습격당했음을 깨달았다.

"죽어라, 배교자."

살의로 한껏 담금질된 목소리가 로렌의 귓가에 서늘하게 울려 퍼졌다.

*　　　*　　　*

[은밀], [점멸], [필살]

세 가지 축복을 전부 동원한 베르나의 일격이 로렌의 심장을 꿰뚫었다.

'죽였다!'

베르나는 확신했다. 기사마저도 일격에 숨통을 끊을 정도로 강력한 [필살]의 공격을 그것도 급소 중의 급소인 심장에 직접 찔러 박았다. 마법사 따위가 이 일격에 버텨낼 수 있을 리가 없었다.

베르나는 환희에 떨었다. 이 '의뢰'를 수행함으로써 새롭게 받게 될 '보수'는 무엇일까. 생각만 해도 입가에 호선이 절로 그려졌다.

그냥 신탁도 아니었고, [신탁 : 긴급]이었다. 비록 기존의 신탁인 라핀젤 암살은 삭제되었으나, 그 대신 이번 신탁의 수행에 성공한다면 다른 신탁을 수행했을 때보다 두 배의 축복을 내려주겠다고 '그분들'이 약속했다.

[필살]의 두 배쯤 되는 축복이라면 대체 어느 정도의 축복일까. 어쩌면 영생을 받을 수 있을지도 모른다, 고 베르나는 생각했다.

그러나 다음 순간.

[점멸]

베르나는 로렌의 시체로부터 떨어졌다. [위기 감지]나 [간파] 따위의 능력이 발동한 것은 아니었다. 그녀가 페널티를 감수하고도 점멸을 사용한 까닭은 간단했다.

축복이 내리지 않았다.

즉, 아직 의뢰에 성공한 것은 아니다.

그 말인즉슨.

베르나는 급히 [은밀]을 사용했다.

'목표는 아직 살아 있다!'

퍼억!

베르나의 왼쪽 어깨의 살 한 움큼이 뜯겨져 날아갔다. 그녀는 자신의 어깨를 마법 화살이 꿰뚫고 지나갔음을 미처 깨닫지 못했다.

보통 마법 화살은 그 정도 위력은 내지 못하기 때문이기도 했지만, 마법이란 건 기본적으로 정신 집중을 필요로 한다고 알고 있었기에 그 결론에 이르지 못했다.

심장에서 피를 울컥울컥 쏟으면서도, [은밀]을 사용한 자신을 정확히 노려보고 있는 로렌의 모습에 베르나는 소름이 돋았다.

도망치지 못한다.

직감한 베르나는 이를 꽉 깨물었다. 비명이 새어 나가지 않도록.

[점멸]

축복의 과다 사용으로 인해 통째로 뜯겨 나간 어깨 부위의 통증보다도 강렬한 두통이 그녀를 덮쳤지만, 베르나는 용케도 기절하지 않았다. 그렇기에 다음 축복을 사용할 수 있었다.

[필살]

도망칠 수 없다면, 차라리 죽음을 각오하고 적과 맞서 싸운다. 그렇기에 베르나는 로렌과의 거리를 좁히는 데 점멸을 사용했고, 필살의 사정거리 안까지 파고들었다.

두 번째 필살의 일격이 로렌의 목 줄기를 꿰뚫었다.

'이겼다!'

베르나는 확신했다.

거기까지였다.

베르나는 정신을 잃었다.

*　　　*　　　*

"꺼흑!"

베르나가 뻗은 두 번째 필살의 일격에 의해 목을 꿰뚫리면서도, 로렌은 반격에 성공했다. 각인검을 휘둘러 그녀의 오른팔을 잘라낸 것이다.

이로써 이 '축복받은 자'는 더 이상 라핀젤을 공격할 수 없을 것이다. 강화 마법 화살에 의해 왼쪽 어깨가 날아갔고, 오른팔도 잘렸으니까.

"후, 하."

정신을 차리고 있기가 힘들었다.

베르나가 받은 축복이 뭔지는 모르지만, 그녀의 공격에 의해 받은 상처는 회복 주문으로도 치유가 잘 되지 않았다.

본래 심장을 꿰뚫린 시점에서 죽어 있어야 하는 로렌이 여태 살아 있는 건 그나마 회복 주문을 사용한 덕이긴 했다. 생명력을 강제로 퍼부어 목숨을 연장시키고 있는 것이다. 그러나 그것도 길지 않으리라.

목까지 꿰뚫렸다. 회복 주문으로 목숨을 붙여놓는 것에도 한계가 있었고, 아무리 대마법사인 로렌이라지만 죽음의 문턱에 서서 마법을 완성시킬 수 있지는 못했다.

'회복 주문의 효과가 떨어지면 나는 곧 죽겠군.'

로렌은 자신의 죽음을 직감했다.

그래도 시간 파괴 주문을 쓴 값은 했다. 라펀젤이 죽는 '미래'는 바뀌었으니까. 대신 본인이 죽게 되겠지만 뭐, 이 정도면 괜찮은 거 아닐까. 로렌은 생각했다.

'죽으면 지구에서 환생하게 되는 걸까? 지금의 내 능력으로 지구를 구할 수 있을까? 좀 힘들 것 같은데……'

그런 생각을 하고 있는 사이, 회복 주문의 효과가 서서히

끝을 다해갔다. 꿰뚫린 심장에서부터 일단 피가 울컥 솟아 나왔고, 목이 동체와 분리되기 시작했다.

다음 순간, 로렌의 몸이 빛에 휩싸였다.

"로렌! 로렌!!"

울먹이는 목소리.

'그래도 마지막으로 한 번 듣고는 가는군.'

거기까지였다.

로렌의 모든 인지 능력이 툭 끊어졌다.

*　　　*　　　*

"……."

로렌은 눈을 떴다. 기분은 상쾌했다. 그냥 자고 일어난 것 치고는 지나치게 개운했다.

"허……."

분명히 심장과 목 줄기까지도 꿰뚫렸을 텐데, 이렇게 상쾌한 기분으로 일어나게 되다니. 이상했다. 목을 만져보니 단검에 의해 꿰뚫린 구멍 같은 건 나 있지 않았다. 심장 쪽도 마찬가지였다.

그뿐만이 아니었다. 별의 몸 또한 만전의 상태였다. 꽤나 혹사시켰을 텐데 마력은 가득 채워져 있었다.

더욱 놀랄 일은 마법 서킷의 상태였다. 마법 서킷이 세 개였다. 정신을 잃기 전까지는 두 개였는데. 시간 파괴 마법을 쓰느라 희생시킨 서킷이 되돌아와 있었다.

"……!"

그제야 로렌은 자신이 죽었었다는 걸 기억해 냈다.

"여긴… 천국인 건가?"

"멍청아!"

빠악!

뒤통수에 강렬한 일격이 작렬했다. 반사적으로 공력을 돌려 막아냈기에 크게 아프지는 않았지만, 충격은 작지 않았다.

"라핀젤이 나한테 욕을 하다니……."

왜냐하면 라핀젤이 그에게 욕을 했기 때문이었다. 그게 로렌에겐 충격이었다.

"아니, 살아 있다는 걸 알려주려면 이게 제일 빠를 것 같아서."

때린 라핀젤 쪽이 당황하며 둘러대었다.

여긴 자작령의 영주 관저, 라핀젤의 침실이었다. 로렌은 자신이 라핀젤의 침대에 누워 있었다는 걸 뒤늦게 깨달았다.

"뭐가 어떻게 된 거야? 난 죽은 줄 알았는데."

"나도 네가 죽은 줄 알았어."

라핀젤이 혀를 끌끌 찼다.
“실제로 죽을 뻔했기도 했고.”
“그래서 뭐가 어떻게 된 거야?”
로렌은 같은 질문을 반복했다.
“죽을 뻔했던 내가 널 되살렸지.”
엘리시온의 경이가 라핀젤의 손 위에서 찬란하게 빛났다.
“아니… 그럴 시간적 여유가 없었을 텐데?”
로렌이 베르나의 습격을 받은 건 자작령의 경계 부근에서였다. 영주 관저와는 상당히 거리가 있는 위치였다. 그 어떤 수단을 쓰더라도 로렌이 죽기 전에 라핀젤이 로렌을 찾아올 수는 없었다. 현실적으로 불가능했다.
아무리 신의 연대에 만들어진 기물이라 하더라도 시체를 되살릴 수는 없었을 텐데, 라핀젤은 대체 어떻게 로렌을 되살릴 수 있었던 것일까?
“응. 페이가 고생했어. 널 여기로 옮겨왔거든.”
그 의문에 라핀젤은 간단히 대답했다. 페이, 즉 모건 르 페이의 이름을 대는 것으로. 하지만 그것만으로 의문이 해결될 리는 없었다.
“모건 르 페이가? 무슨 수로?”
“그건 나도 잘 몰라.”
라핀젤은 멋쩍은 듯 헤헤 웃었다. 어째 이 웰시 엘프는 해가 갈수록 어려지는 것 같았다. 실제로 그렇지는 않겠지만. 어쩌면 로렌 앞에서만 어리광을 부리는 것일지도 모른다.

아무튼 로렌도 이제 라핀젤에게 아무리 질문을 던져봐야 원하는 답을 얻을 수 없다는 건 알게 되었다.

"본인에게 듣는 게 더 빠르겠군."

"그래, 그렇게 해. 나중에."

"나중에?"

"페이도 죽을 뻔했거든. 내가 되살리긴 했지만."

라핀젤의 입에서 그냥 지나칠 수 없는 표현이 나와 버리고 말았다.

"죽을 뻔? 되살려?"

"목숨을 걸고 힘을 지나치게 썼다나. 널 옮겨 오고 나서 기절해 버리고 지금까지 깨어나질 않았어. 뭐… 자고 있는 거겠지만."

"…그렇군."

로렌 하나 되살리겠다고 꽤 많은 걸 희생한 모양이다. 뭘 희생한 것인지는 아직 모르지만, 라핀젤이 되살렸다는 표현까지 사용한 걸 보면 거의 목숨을 걸었던 것 같았다.

'고마운 일이로군.'

하기야 사람 하나 살리는 게 그리 쉬울 리 없었다.

로렌도 라핀젤 하나 살리느라 얼마나 고생을 했던가. 로렌

하트 시절, 고향 마을에서 보낸 5년간을 떠올려 보면 그거나 이거나 별 차이 없었던 것 같기야 하지만, 죽을 뻔했던 횟수로만 치면 로렌 하트로서의 생애가 훨씬 위험했다고도 볼 수 있겠다. 하지만 그런 게 중요하진 않다.

중요한 건 이거였다.

"어쨌든 살려줘서 고마워."

그 말이 나온 건 라핀젤의 입이었다. 로렌이 먼저 해야 할 말이었다. 해야 할 말을 빼앗긴 로렌은 잠깐 멀거니 라핀젤을 쳐다보다가 뒤늦게 입을 열었다.

"…그건 내가 해야 할 말 아니었어?"

엘리시온의 경이로 로렌을 살린 건 라핀젤이다. 그런데 정작 라핀젤의 입에서 감사 인사가 나오다니. 로렌은 다소 혼란스러움을 느꼈다.

"다르키아 왕국군 총사령관 디셈버 각하께서 전선을 비우면서까지 자작령까지 날아온 이유가 궁금한데? 그 이유가 날 살리기 위해서였다는 건 깊이 생각해 보지 않아도 알 수 있는 일이야."

로렌은 더 숨기려 해봤자 의미가 없으리란 걸 금방 눈치챘다.

"눈치 빠르시네요, 아가씨."

"애초에 나더러 안전한 곳에 있으라는 둥, 경고를 한 건 너잖아. 그리고 아가씨라고 부르지 말랬지."

그러고 보니 그랬다.

"내가 맞아야 할 칼을 대신 나서서 맞다니… 넌 정말 멍청이야."

"어쩔 수 없잖아."

라핀젤의 욕설을 들으면서도 로렌은 웃었다.

"안 그럼 네가 죽는데."

"…진짜 멍청이."

라핀젤의 입술이 앞으로 쭉 삐져나왔다. 눈매에는 눈물방울이 살짝 맺혀 있었다.

"살려줘서 고마워, 라핀젤."

로렌은 뒤늦게 해야 할 말을 했다.

"…네게 갚아야 할 빚의 1할도 갚지 못했어, 나는! 어디서 멋대로 죽거나 하면 절대 용서하지 않을 테니까."

"노력해 보지."

울먹거리는 라핀젤의 목소리를 들으며, 로렌은 크게 웃었다. 웃다가 등짝을 몇 대 맞긴 했지만 웃음이 그치질 않았다. 왜 웃음이 나오는지는 잘 몰랐지만, 어쨌든 웃음을 참을 수는 없었기에 로렌은 그냥 웃었다.

*　　　*　　　*

[로렌 님, 무사하셨군요. 다행입니다.]

모건 르 페이가 깨어난 건 로렌보다도 몇 시간이 더 지나, 늦은 오후쯤이었다.

[네가 죽을 뻔했다고 들었어.]

로렌은 말하면서도 어째선지 울컥했다. 그는 모건 르 페이에게 해준 게 별로 없는데, 그녀는 목숨까지 걸고 자신을 살리는 데 진력해 줬으니까.

[전 멀쩡합니다. 신의 연대의 기물이란 정말로 대단하군요. 지금이라면 뭐든지 할 수 있을 것 같은 기분입니다.]

그러나 모건 르 페이에게서 들어오는 메시지는 어디까지나 태연했다. 아니, 어째선지 기쁨을 숨기려 노력하는 듯한 인상마저 주었다.

[새로운 능력을 얻었습니다. 얻었다기보다는 깨우쳤다는 표현이 더 어울리겠군요.]

이유를 물었더니, 그런 대답이 돌아왔다.

[직접 뵙고 말씀드리는 게 낫겠군요.]

그 직후, 로렌은 기묘한 감각에 휩싸였다. 어떤 [요청]이 들어왔다. 그 요청에 로렌은 [승낙]했다. 그러자 그의 몸이 빛무리에 휩싸이더니, 눈 한 번 깜박할 동안 주위 풍경이 뒤바뀌어 있었다.

"이 정도 거리면 정신력이 크게 소모되지는 않는군요."

얼굴을 보자마자 모건 르 페이는 조금 흥분한 기색으로 그런 말부터 했다.

당장 무슨 일이 있었는지 로렌은 바로 파악하진 못했으나, 그의 직감은 이미 상황을 받아들였다. 그것을 언어화하는 데 시간이 조금 걸렸을 뿐이었다.

"텔레포트!"

"…그게 뭐죠?"

로렌이 놀라 내뱉은 영어 단어를 모건 르 페이는 당연하게도 알아듣지 못했다. 그래서 로렌은 '메시지'로 다시 말해야 했다. 의미 그 자체를 전달받아 텔레포트라는 단어가 어떤 능력을 가리키는지 이해한 모건 르 페이는 배시시 웃으며 말했다.

"정확히는 [텔레포트]가 아니라 [리콜]입니다."

적절한 엘프어 단어를 고르는 게 어려웠던지, 텔레포트와 리콜, 이 두 단어만 메시지로 날아왔다. 그리고 로렌은 그 단어의 의미를 올바르게 이해했다.

리콜은 텔레포트와 달리 원하는 곳으로 공간 이동을 할 수 있는 게 아니라, 페이가 유대를 맺은 마법사를 자신의 위치로 불러들이거나 반대로 마법사의 위치로 이동하는 것이 가능한 능력이었다.

"이런 게 있다는 것만 알았지, 실제로 가능할 줄은 몰랐는데. 해보니까 되는군요."

모건 르 페이도 스스로가 대견하다는 듯 말했다.

"대신 죽을 뻔했지만 말이지."

로렌은 한숨처럼 말했다.

"네, 정신력을 전부 소모하고 그대로 죽어버릴 뻔했어요. 하지만 라핀젤 님이 살려줬죠. 그리고 새로운 능력까지 얻게 되었으니, 그저 좋습니다."

"또 하지는 마."

로렌은 그제야 라핀젤의 심정이 좀 이해가 갔다. 당황한 듯 자신을 바라보는 모건 르 페이에게 로렌은 다시 한 번 말했다.

"또 그렇게까지 무리하지는 말라고."

"…아, …네."

모건 르 페이는 떠듬떠듬 대답했다.

"어쨌든, 살려줘서 고마워."

목소리가 영 퉁명스럽게 나갔다. 로렌은 자신의 그런 태도가 마음에 들지 않았지만 어쩔 수 없었다.

"제가 로렌 님께 받은 은혜의 1할이라도 갚을 수 있어서 다행입니다."

로렌의 그런 퉁명스러운 목소리에도 불구하고, 모건 르 페이는 따스하게 웃으며 대답했다.

"흠, 음, 그리고 그것도 나중에 좀 가르쳐 줬으면 좋겠는데."

그래도 얻은 건 얻은 거니 건져야지. 로렌은 어색함을 참으며 모건 르 페이에게 요청했다.

"[리콜]요? 알겠어요."

모건 르 페이는 당연하다는 듯 고개를 끄덕였다.

*　　　　*　　　　*

모건 르 페이에게 [리콜]을 배우는 건 나중 일이 되었다.

로렌은 다르키아 왕국군의 총사령관인 디셈버 본인이었으므로, 너무 긴 시간 동안 전선에서 자리를 비워서는 안 되는 위치였다.

하지만 새로 얻은 [리콜] 덕에 언제든 라핀젤 자작령에 돌아올 수 있게 되었으니, 만약 '그분들'이 또 자객을 보내더라도 어떻게든 대응이 가능하리라.

"그 전에 베르나를 확보해야지."

로렌이 베르나에게 입힌 부상은 말 그대로 재기 불능의 치명상이었지만, 상대는 '축복받은 자'다. 상식적으로 생각해서는 안 된다. 베르나가 상처를 회복하고 또다시 덤벼들지 않으리라는 보장이 없었다.

실시간으로 신탁과 축복을 받아 능력을 증강시켜 나갔던 프라이드의 모습이 아직 선연하다.

로렌은 휘하의 정보 단체에게 베르나의 확보를 명령해 둔 참이었다. 시간이 좀 지난 탓에 추적에 어려움이 있긴 하겠지만, 상대는 하나고 이쪽은 조직이다.

베르나가 추적을 피해 숨는다는 행동을 선택한다면 그것도 그것대로 좋았다. 행동을 제약시킬 수 있으니까. 잡아들이는 게 제일 좋긴 하지만, 암살을 하지 못하게 얽어매는 것도 의미는 있었다.

로렌이 베르나에게 습격당한 장소는 어차피 전선으로 돌아가는 길 위였다. 로렌은 그곳으로 한번 향해보기로 했다. 추적에 도움이 될 만한 증거품을 손에 넣을 수 있을지도 모른다는 생각에서 결정했다.

'시간이 그렇게 많지는 않지.'

로렌은 오랜만에 조지 2세, 그레고리 남작으로부터 선물받았던 말을 타고 달렸다. 로렌이 큰 만큼 조지 2세도 나이를 먹었지만 지속적으로 공력을 퍼부어준 덕분인지 별로 노쇠한 것 같지는 않았다.

습격당했던 시간이 밤인 데다 도약을 통해 하늘을 날아가던 도중이었던 탓에, 장소를 정확하게 기억해 내는 것은 쉽지 않았다.

그럼에도 불구하고 로렌은 마침내 그 장소에 도달했으며 목적으로 삼았던 것도 찾아내는 데 성공했다.

그것은 로렌이 직접 각인검으로 잘라낸 베르나의 팔이었다.

"…흠."

로렌은 씨익 한 번 웃고는, 잘려 나간 팔에다 회복 주문을 걸었다. 그러자 팔의 잘려 나간 단면 부분에서 인력이 발생했다. 너무 시간이 오래 지나 버리면 사용이 불가능했을 방법인데, 다행히 아직 많이 늦지는 않은 모양이었다.

로렌은 팔에서 발생한 인력을 따라 추적을 시작했다.

*　　　*　　　*

베르나는 입에서 새어 나오려는 신음을 꽉 깨물어 삼켰다.

지혈은 했다. 큰 부상을 입었을 때 어떻게 해야 하는지에 대해서는 배웠다. 비상약도 사용했고, 여기까지 도피해 오는 동안 흘렀던 피도 뒤처리를 했다.

그러나 베르나가 느끼고 있는 건 한없는 절망뿐이었다.

축복은 내려오지 않았다. 신탁을 이행하는 데 실패했다. 배교자 로렌을 처치하지 못했다. 팔을 하나 잃었으며, 마법사에게 회복을 부탁할 수도 없는 처지가 되었다. 앞으로는 잃어버린 팔을 되찾을 가능성은 낮았다.

[필살], [은밀], [점멸]은 여전히 있었으나, 팔이 하나 없다는 약점을 가리기에는 부족해 보였다. 점멸을 쓴 이후에 몸을 제대로 가눌 수가 없었다. 암살자로서 중요한 덕목 중 하나인 평형감각이 엉망진창이 되어버린 탓이었다.

필살도 마찬가지였다. 오른팔을 잃었으니, 이제 왼손으로 쓰는 연습을 해야 했다. 왼팔이라고 멀쩡한 건 아니라, 움직일 때마다 눈앞이 캄캄해질 정도의 고통이 엄습해 왔다. 로렌의 강화 마법 화살에 부상을 입은 탓이었다.

제대로 움직이기 위해 얼마나 많은 훈련을 해야 할까. 그것도 권력자, 자작령 제1비서관인 로렌의 추적을 피하면서. 살아남을 수나 있을까? 회의적이었다.

지금이라도 로렌을 추적해서 죽이고 축복을 받아야 한다.

그런 생각은 있었지만 용기가 나질 않았다. 기절에서 깨어나 보니, 자신이 죽였을 터인 로렌의 모습이 없었다.

대체 어디로 간 걸까? 누가 옮긴 걸까?

조직에 있을 때 받은 추적 훈련을 되새겨 가며 찾아보았지만 혈흔은커녕 발자취조차 찾을 수가 없었다. 부상 입은 어깨와 잘려 나간 팔을 움켜잡고 울먹거리며 찾아보았지만 결과는 바뀌지 않았다.

자신은 발끝도 못 따라갈 실력자의 솜씨다. 베르나는 그렇게 결론을 내렸다.

'그 정도 실력자라면 나도 죽였어야 하는 거 아닌가? 난 왜 살아 있지?'

그럼에도 의문이 다 해결된 건 아니었다.

'차라리 죽었으면 이렇게 절망에 빠져 고통스러워할 일도 없었을 텐데.'

부상당한 왼 어깨도, 잘려 나간 오른팔도 아팠지만 무엇보다 아픈 건 절망이었다.

"신이시여! 신이시여!"

베르나는 두 번 외쳤지만, 신탁은 내리지 않았다. 섬뜩한 불안만이 대신 그녀의 심장을 죄어올 따름이었다. 쫓기는 신세다. 미쳤나? 소릴 지르다니.

'어쩌면 진작 미쳐 버린 것일지도 모르지.'

신은 죽었다. 드래곤 왕들이 다 죽여 버렸다. 그 드래곤 폭군들도 인류의 손에 죽었고, 지금은 인류 연대였다. 증조할머니에게서 들은 이야기를 되새기며, 베르나는 이를 갈았다.

신탁이라는 단어에 홀렸다. 축복에 눈이 뒤집혔다. 진짜 신은 죽은 지 오래다. 그걸 왜 알아차리지 못했을까?

"…가짜 신 같은 거에 기대는 게 아니었는데."

베르나의 생각이 거기까지 가 닿은 순간.

"네가 부르는 신의 이름을 나도 알고 싶군."

아직 성인이 되지 않은 앳된 소년의 목소리가 들렸다. 사람에게 위협감을 주기 어려운 보드라운 목소리였으나, 그 목소리에 베르나의 몸은 손끝부터 발끝까지 굳어버리고 말았다. 그 목소리의 주인이 누군지 알아차렸기 때문이었다.

우지끈, 하는 소리와 함께 임시 은신처의 지붕이 빠개져 나갔다.

"베르나."

"…로렌."

베르나의 목소리에는 더 이상 분노나 증오 따위의 감정은 남아 있지 않았다. 깊은 절망과 아이러니컬한 안도감만이 묻어나올 뿐이었다.

*　　　*　　　*

'이상하군.'

로렌은 베르나의 상태에 위화감을 느꼈다.

레물로스 왕국 전선에서 워 오우거 특수부대인 프라이드를 상대할 때는 이렇지 않았다. 그들에게는 계속해서 신탁이 내렸고, 그들은 신탁을 이행해 축복을 받아 새 능력으로 시시각각 강해졌다.

하지만 베르나는 상태를 보니 프라이드와는 영 달랐다. 오른팔은 잘려 나간 채고, 어깨의 부상도 지혈을 하긴 했으나 제대로 움직이기는 힘들어 보였다. 정신 상태는 더욱 좋지 않았다. 좌절하고 절망해 신을 부정하기까지 하고 있다.

베르나는 프라이드의 경우와는 달리 실시간으로 신탁을 받거나 하지는 않은 것 같았다. 아니라면 상처 입은 야수처럼 이런 은신처에 몸을 숨기고 끙끙대고 있을 리 없었다.

로렌을 바라보는 눈동자는 겁에 질려 있었다. 연기하는 것으로는 보이지 않았다. 아직 싸울 힘이 남아 있다면 그래도 반항이라도 했을 텐데, 전의를 완전히 잃은 것을 보니 새로운 능력을 얻은 것 같지도 않았다.

'뭐지?'

베르나는 로렌을 거의 죽일 뻔했다. '그분들'이 그녀에게 한 번의 축복만 더 주면 정말로 죽일 수 있게 되었을지도 모른다. 그럼에도 불구하고 프라이드에게는 퍼주다시피 내려주었던 축복을 베르나에게는 주지 않은 이유가 있을 것이다.

'주지 않은 게 아니라 주지 못한 것이겠지.'

로렌은 그렇게 생각하기로 했다.

루시아 대공과의 대화를 기억하자면 '그분들'이 이 시대에 개입하는 데는 한계가 있는 모양이었다. 그리고 '그분들'은 하나의 통합된 의지로 움직이는 것은 아니었다.

그러므로 최대한 낙관적으로 해석하자면 이런 결론에 이

르게 된다.

로렌의 적인 '그분들'의 차례가 끝났다.

'너무 낙관적인가?'

일단 이 결론을 내리는 건 유보해 두도록 하고, 로렌은 다시 베르나에게 시선을 돌렸다.

"베르나."

"어째서, 어째서 내 이름을?"

"그걸 왜 지금 묻지? 내가 네 이름을 부르는 건 이번이 처음이 아닐 텐데."

베르나가 어떤 조직에 속해서 움직이는 게 아니라는 건 휘하 정보 조직인 '히드라의 피'의 조사 결과 이미 드러나 있었지만, 로렌은 이번에야말로 확신할 수 있게 되었다.

만약 베르나가 조직에 속해 있었더라면 조직의 정보망을 이용해 로렌이 자신의 일을 조사하고 있었다는 걸 금방 알게 되었을 터였다.

하긴 베르나가 원래 속해 있던 암살 조직을 박살 낸 게 로렌 본인이니 당연한 일이긴 했다.

'종이에 한두 번 데여야지.'

로렌은 픽 웃었다. 게오르그 자작에 대한 보고서가 로렌의 인식에 꽤 큰 영향을 미친 모양이었다.

그렇다고 휘하의 정보 조직을 아예 못 믿게 되는 것도 문제다. 로렌의 불신감에 아랫사람들이 민감하게 반응할 테니까. 실제로는 교차 검증을 한다 하더라도 눈앞에서는 믿어주는 모습을 보여주는 게 중요하다. 로렌은 자기 혼자 반성했다.

"뭐, 됐어. 그거야 별로 중요한 건 아니지. 중요한 건……."

"나, 날 죽일 거야?"

베르나가 공포에 물든 눈동자로 로렌을 올려다보았다. 그런 베르나의 표정을 보며 로렌은 끌끌 혀를 찼다.

"죽일 거라면 진작 죽였지. 생각을 하고 말을 해라."

로렌은 사실 베르나의 위치를 파악하자마자 멀리서 폭격부터 할 생각이었다. 그러지 않은 이유는 간단하다. 그녀가 신을 부르짖는 소리가 들렸기 때문이었다. 숨어 있기 위한 은신처에서 큰 소릴 내다니, 어불성설이다. 그걸 들은 로렌은 그녀가 절망에 빠졌음을 직감했다.

"내가 제일 처음에 물었을 텐데? 베르나, 네가 부르는 그 신의 이름은 뭐지?"

"그, 그분들은 내, 내게 이름을 알려, 주지 않았, 어."

베르나의 목소리는 심하게 떨리고 있었다. 그 떨림의 원인은 죽음이나 로렌에 대한 공포 탓인 것으로는 보이지 않았다. 새삼 찾아든 절망이 그녀의 몸을 떨리게 만들고 있는 것이다.

"나는… 그분들에 대해 아무것도 몰라."
그 깨달음에서 오는 절망.
"정체도 모르는 걸 그렇게 맹목적으로 믿고 있었단 말이야?"
로렌은 어이가 없어 비웃을 수조차 없었다.
다른 축복받은 자들은 베르나 정도까지는 아니었다. 그녀에게 괜히 광신도라는 타이틀이 붙은 게 아니다.
루시아 대공은 축복이라는 보상이 있으니 신탁을 수행한다는 개념에 가까웠고, 란체 드워프들은 대공보다는 신심이 좀 있었던 것 같지만 목숨이나 돈보다 귀하다고는 생각하는 것 같지 않았다. 워 오우거들은 다소 애매하지만, 어쨌든 그랬다.
하긴 지금 베르나가 큰 상처를 입고 재기 불능의 상태에 빠진 것도 그녀의 심리 상태에 영향을 미치고 있기는 할 터였다.
"난, 쓸모없어. 이제 날 죽일 거야?"
베르나의 떨림이 멎었다. 모든 것을 체념하고 죽음을 받아들인 것이다.
"내게 복종하고 내 명령을 따른다면 네 상처를 치유해 주고 이 오른팔을 돌려주지."
로렌은 자신의 왼손에 들린 베르나의 오른팔을 잠깐 눈짓

하며 그렇게 제의했다.

"…뭐?"

베르나는 믿을 수 없다는 듯 로렌을 쳐다보았다. 그녀가 그런 반응을 보이는 건 결코 놀랄 일이 아니다. 그렇기에 로렌은 그녀의 반응을 무시하고 계속해서 말했다.

"그뿐만이 아니야. 식사도 주고 잘 곳도 마련해 주지. 약간이라면 보수도 줄 수 있어. 네가 제대로 일한다면 말이지만."

고민을 많이 하고 내린 결정이었다.

베르나의 능력은 암살에 특화되어 있어서, 다른 축복받은 자들, 그러니까 루시아 대공이나 란체 드워프들과 달리 로렌이 제어하기가 힘들다.

보통 암살자의 암습이라면 회복 주문을 통해 기습으로 인한 피해를 회복시키고 즉시 반격이 가능하지만, 베르나의 일격은 회복 주문도 통하지 않는다.

비록 한 번 들킨 후에는 효과가 떨어진다고는 하나, 은신 능력도 무시할 수 없다.

순간 이동 능력은 또 어떤가? 멀리까지 가진 못한다지만 별다른 준비 시간 없이 순식간에 거리를 벌리거나 좁힐 수 있는 능력은 위협적이다.

베르나의 암살은 막기가 너무 힘들다. 만약 베르나가 배신하기로 마음을 먹는다면, 그 시점에서 이미 피해는 걷잡을 수 없어지고 말 것이다.

게다가 베르나는 '미래'에 라핀젤을 한 번 죽였다. 용서 못 할 일이다.

그럼에도 불구하고 로렌이 베르나를 회유해 보기로 한 이유는 간단했다.

엘리시온의 경이가 시간 파괴 주문으로 희생시킨 마법 서킷마저도 회복시켜 주었기 때문이다. 시간 파괴 주문의 페널티를 무마시킬 수 있다는 점은 선택의 폭을 훨씬 넓혀주었다. 다소 실패하더라도 추스를 수 있는 여지가 생긴단 이야기니 당연했다.

만약 베르나가 배신해서 로렌 본인이나 라핀젤이 죽는 일이 생긴다면 시간 파괴 주문으로 시간을 되돌리고 전과 다른 선택을 하면 된다.

덤으로, 베르나가 라핀젤을 죽인 '미래'는 '지금 시점'에서 아직 일어나지 않은 일이기도 했다. 자신이 저지르지도 않은 일로 인해 심판받아야 하다니. 베르나의 입장에서는 부조리하기 짝이 없는 일일 것이다.

로렌을 한번 거의 죽일 뻔했던 거야 로렌 본인이 참으면 된다. 베르나의 [필살] 공격은 상당히 아팠지만, 못 참고 넘어갈 수준은 아니었다.

그래서 로렌은 위험 부담을 안고 베르나를 한번 회유해

보기로 마음먹었다.

"…어째서……."

왜냐하면. 로렌은 베르나의 의문에 대답해 주었다.

"네가 쓸모 있기 때문이야."

베르나가 쓸모 있어 보였기 때문이었다.

그야 그렇다. 축복받은 자가 '그분들'을 배신한다고 해도 그 축복마저 거둬가지는 않는다는 걸 로렌은 이미 학습했다. 적어도 능력 세 개는 받은 베르나가 쓸모없을 리는 없었다. 로렌마저 거의 죽일 뻔했던 암살자다. 쓸모가 없을 리는 없지 않은가?

설령 로렌이 베르나를 암살에 쓰지 않는다 하더라도, 적어도 그 능력을 분석해서 연구하는 쓸모라도 있을 터였다. 아니, 사실은 이쪽 이유가 더 강했다. 그만큼 [점멸] 능력은 로렌을 매료시켰다. 눈 깜빡할 새에 거리를 벌리거나 좁힐 수 있다. 이만큼 매력적인 능력도 드물다.

이미 란체 드워프 몬트리올의 [주물] 능력도 카피해 본 로렌이다. [점멸]이라고 카피 못 할 이유가 없었다.

냉정하게 말해 카피에 성공할 가능성이 그리 높다곤 할 수 없지만, 원래 도박이란 게 그런 법이다. 따지 못할 경우를 생각해서야 판돈을 걸 수도 없다. 그런데 로렌의 경우에는 시간 파괴 주문을 이용해 판돈을 회수할 수도 있으니, 안 거는 쪽이 오히려 손해라 할 수 있었다.

'하지만 회유치곤 너무 담백한 거 아닐까?'

목숨을 살려주고 숙식을 해결해 준다. 로렌이 해준다고 말한 건 이 정도였다. 베르나 정도로 뛰어난 암살자를 회유하는 것치고는 조건이 지나치게 짠 게 아닐까 하는 생각도 들었다.

그러나 로렌의 그런 우려와는 달리, 회유의 결과는 실로 극적이었다.

"내가… 쓸모 있어?"

무채색이던 베르나의 눈동자에 빛이 돌아온 것 같았다. 그녀의 눈동자는 반짝반짝 빛나기 시작했고 피를 너무 많이 흘려서 하얗게 질려 있던 낯빛도 확 밝아져 양 볼에는 홍조가 깃들었다.

"저, 저기."

베르나는 말을 더듬었다. 조금 전에는 공포나 절망 따위 때문에 더듬은 것이었지만, 지금은 전혀 다른 이유에서 더듬고 있었다.

"주인님."

"뭐?"

"…주인님이라고 불러도 될까요?"

흡사 사랑에 빠진 소녀와도 같은 표정과 목소리로, 베르나는 로렌을 애타게 응시하며 말했다. 그 시선을 받으며, 로렌은 잠깐 자신의 선택을 후회했다.

*　　　*　　　*

베르나는 시골의 작은 엘프 부락에서 태어났다. 그녀는 자신의 혈통이 웰시인지 로어인지 하이어드인지도 몰랐고, 고향 마을에선 그런 걸 구분하지도 않았다고 했다. 엘리시온 왕국과는 상관이 없는, 세상과 완전히 고립된 마을이었을지도 모른다.

그렇게 세상과 관계가 없었던 작은 마을에, 세상이 먼저 찾아왔다고 한다.

베르나 본인은 꽤나 시적인 표현을 사용했지만, 실상은 인신매매단이 마을 전체를 습격해 엘프들을 모조리 죽이거나 생포한 사건을 가리킨다.

다른 마을 사람들과 함께 베르나도 생포당했다. 노예로 팔아넘기기 위해서라고 했다. 입수 경로를 세탁하기 위해서인지, 베르나의 마을 사람들은 각각 다른 노예상에게 넘겨졌다. 그 과정에서 베르나는 귀를 잘리기 전에 어찌어찌 인신매매단의 손에서 탈출했다.

고향 마을은 완전히 불타고 약탈당한 것을 베르나 본인이 목격했다. 그녀는 돌아갈 곳도 없이 도시 뒷골목을 전전하다가, 어찌어찌 암살 조직에 합류하게 되었다.

베르나 본인은 '합류'라 생각하고 말했지만, 그 시대의 암살 조직은 고아를 납치해 키워서 써먹는 일을 빈번하게 했다. 그 누구의 아들도 딸도 형제도 자매도 아닌 고아는 신원을 세탁하기도 좋고 세뇌하기도 편하니까 한 짓이었다.

암살자 시절에는 인간이라기보다는 도구에 가까운 취급을 받으며 자라났다. 더군다나 단 한 번도 제대로 임무를 수행해 본 적이 없어 자존감은 밑바닥을 쳤다. 제대로 보수를 받아 본 적은 손에 꼽을 정도였고, 조직의 천덕꾸러기로 전락해 잔심부름이나 하는 게 고작이었다.

그럼에도 베르나가 조직에 계속해서 몸을 의탁한 이유는 그녀를 필요로 하는 곳이 그 암살 조직뿐이기 때문이었다. 물론 실제로는 그렇지 않았겠지만, 조직에서는 그런 식으로 그녀를 세뇌했을 것이다.

그런데 그 조직이 하루아침에 괴멸당하고 말았다. 베르나는 있을 곳을 잃었다. 자신을 필요로 하는 곳이 몸담은 조직뿐이라고만 생각하던 그녀는 한순간에 모든 것을 잃었다고 생각하기에 이르렀다.

베르나에게 신탁이 내려진 것이 그때였다.

베르나는 신탁을 수행해 축복을 받는 과정에서 능력을 얻었다는 것보다 자신의 노력이 '그분들'에게 인정받았다는 것이 기뻤다고 진술했다. 베르나가 얼마나 누군가에게 인정받는다는 것에 굶주려 있었는지 이 진술을 통해 알 수 있었다.

그렇기에 베르나는 신탁의 수행에 실패한 직후 '그분들'의 연결 고리가 끊어지자 그렇게도 절망하고 고통스러워했던 것이다.

로렌의 '쓸모 있다'는 말에 그렇게 극적인 반응을 보인 것도 같은 이유였다.

'…일그러져 있군.'

필요에 의해 그렇게 세뇌당한 탓이겠지만, 베르나의 인격은 심하게 일그러져 있었다. 이대로 그냥 두면 로렌에게 필요 이상으로 집착할 가능성이 높았다.

'어떻게 해야 하나…….'

로렌 하트 시절, 그는 본인에게 집착하는 여성들을 많이 만나보았다. 로렌 하트 본인은 별 자각 없이 다녔지만, 다른 로어 엘프 마법사 지망생들에게 있어 그는 실로 영웅적인 존재였다. 그들은 마치 로렌 하트 본인이 당시에는 이미 죽고 없는 라핀젤을 숭앙하듯 그를 숭앙했다.

그리고 그 끝은 전부 좋지 않았다. 그 관계가 어떤 관계든 말이다. 연인이든, 그저 스쳐 지나가는 애인이든, 그저 부하이든, 뭐였든 간에.

그렇기에 로렌은 베르나를 이대로 그냥 두면 안 되겠다는 결론에 이르렀다.

"좋아, 베르나."

"네! 주인님!!"

베르나는 마치 개처럼 대답했다. 좋지 않았다.

"네게 임무를 주지."

"이, 임무 말입니까."

베르나는 긴장한 듯 침을 꿀꺽 삼켰다. 하긴 신탁 외에는 임무를 한 번도 성공시켜 본 적이 없다고 했으니, 임무라는 단어만 들어도 긴장하는 건 어쩔 수 없는 일일지도 모른다.

"라핀젤 자작을 지켜라."

어떻게 보면 위험한 판단이었다. 베르나는 '미래'에 라핀젤을 죽인 적이 있으니 말이다.

로렌이 이 임무를 베르나에게 주는 이유는 두 가지가 있었다.

첫 번째는 베르나의 성격과 현재 상황상 그녀가 배신할 가능성이 매우 낮다고 보았기 때문이었고, 두 번째는 라핀젤이 베르나의 상처와 정서적 장애를 치유할 수 있을 것이라고 믿었기 때문이었다.

둘 모두 믿음이었다. 근거는 있으나, 확신은 없다. 그럼에도 로렌은 믿기로 했다.

"저, 주인님."

베르나는 주저하며 말했다.

"제가 자작님을 죽이려고 했던 건……."

"안다. 네게 들었으니."

"그런데……."

"널 믿으마."

"……!"

로렌의 말에 베르나는 한동안 말을 잊고 어쩔 줄을 모르더니, 곧 감격해 외쳤다.

"불초 베르나, 이 몸 이 목숨을 다 바쳐 내리신 임무 받들겠나이다!"

베르나의 감격해하는 모습에 로렌은 솔직히 좀 양심에 찔렸다. 사실 시간 파괴 주문이라는 마지막 보험이 있으니 내릴 수 있는 판단이기도 했으니까 말이다. 그러나 이런 걸 솔직히 털어놓을 로렌은 아니었다.

53장
전쟁의 결말

로렌이 그동안 방주의 투입을 꺼린 것은 방주가 자작령의 최종 병기로서 그 위상이 지나치게 높았기 때문이었다.

실제야 어떻든, 호사가들은 라핀젤 자작이 발레리에 대공을 상대로 승리한 원인을 방주로 꼽고 있었다. 그리고 호사가들의 그런 근거 없는 이야깃거리에 넘어간 영주도 의외로 많았다.

자작령이 그 소문의 덕을 보기는 했다. 방주가 자작령에 남아 있는 이상 자작령을 침탈할 정신 나간 영주는 거의 없다고 봐도 좋으니 말이다.

그런데 반대로 말하면, 방주만 없다면 자작령을 노릴 하이에나가 득시글거린다는 소리다.

이런 상황에서 하나밖에 없는 방주를 전쟁에 투입했다가 축복받은 자에 의해 파괴라도 당하면 뒷감당이 골치 아파진다. 방주가 없어진 것만으로 자작령이 완전히 무방비 상태가 된 것처럼 인식하고 떨거지들이 쳐들어올 가능성이 적지 않아진다는 소리다.

물론 실제론 자작령의 군사력은 방주를 제하더라도 그리 약하지 않다. 어지간한 적은 어려움 없이 물리칠 수 있을 테지만, 문제는 이 바쁜 때에 그런 귀찮은 일거리가 늘어난다는 데 있었다.

그럼에도 불구하고 로렌이 지금 와서 이렇게 방주를 전쟁에 동원하게 된 건 프라이드와의 교전을 통해 레물로스 왕국군이 그리 만만치 않음을 깨달았기 때문이었다.

워 오우거들은 로렌이 로렌 하트의 인식으로서 파악하고 있었던 것보다 강력했다. 여기에 '축복받은 자'라는 변수까지 존재하니, 로렌으로서는 더 이상 손안의 수를 아끼고 있을 수 없게 되었다.

그렇게 방주의 투입을 결정한 후, 로렌 본인은 베르나의 일을 처리하느라 잠깐 전선에서 떨어져 있다가 지금 막 돌아온 참이었다.

전선에 먼저 도착한 탈란델은 유쾌하게 웃으며 로렌을 맞아들였다.

"오랜만이로군! 로… 디셈버."

"그래, 탈란델."

로렌은 탈란델이 로어 엘프 모습인 자신의 이름을 잘못 부를 뻔했던 건 신경도 쓰이지 않았다. 로렌은 흡족한 목소리로 란츠 드워프의 이름을 불렀다.

다르키아 왕국군의 군영에는 두 대의 방주가 정박되어 있었다.

"깨끗한 신제품이지!"

탈란델은 자랑스럽게 외쳤다. 그에게는 그럴 만한 자격이 있었다.

왜냐하면 정박된 방주 중 한 대는 로렌이 발굴해 내고 탈란델이 정비해 낸 방주였지만, 다른 한 대는 탈란델이 복제해 낸 방주였기 때문이었다.

*　　　*　　　*

요 1년간 탈란델은 방주의 설계도를 복원하는 데 전력을 다했다. 그 작업에는 탈란델이 새로 얻은 진관의 격이 큰 역할을 했다. 대상의 본질을 꿰뚫어보는 진관의 격은 방주를 분해하지 않고도 그 구조를 파악할 수 있도록 해주었다.

라핀젤 자작령의 목수와 대장장이로도 모자라, 다른 영지의 장인들까지 동원해 설계도대로 부품을 발주하고, 발주된 부품에 탈란델이 직접 일일이 각인을 새긴 후, 브뤼델의 조선소에서 조립하는 일련의 작업은 말로 표현할 수 없을 정도로 고통스러웠다.

그리고 그 고통보다도 더 많은 돈이 들어갔다.

"이제까지도 내가 자네에게 투자한 걸 후회한 적은 없지만, 이토록 만족스러운 건 이번이 처음일지도 몰라."

그럼에도 불구하고 로렌은 만족할 수밖에 없었다.

"그렇게 말해주니 고맙군. 방주의 복제에 돈이 이렇게 많이 들어갈 줄은 몰랐는데."

탈란델도 뿌듯하게 대답했다. 그의 말대로 방주의 복제에 든 돈은 가히 천문학적이라 할 만했다. 꽤 부자라 자부하는 로렌조차 순간적으로 투자를 망설일 뻔했다. 물론 로렌은 그 망설임을 탈란델 앞에서는 드러내지 않았다.

"어쨌든 성공했으니 다행이지."

돈과 노력을 퍼부은 보람이 있어, 이로써 라핀젤 자작령이 소유한 방주는 두 대가 되었다. 이건 그저 방주가 두 대라는 것 이상의 의미를 갖는다. 방주의 복제에 성공했다는 건 앞으로 더 많은 방주를 생산해 낼 수 있다는 소리도 되니까.

실제로 브뤼델의 조선소에서는 이미 세 대째의 방주 제작에 들어가 있었다. 조립하기 전에 탈란델이 일일이 다 각인을 새길 필요가 있긴 하겠지만, 천수의 격을 얻은 탈란델은 그 작업에 그렇게까지 많은 시간을 소모하지는 않았다.

문제는 오히려 다른 곳에 있었다.

방주를 운용할 수 있는 각인기예의 장인이 다르키아 왕국에는 단 세 명뿐이라는 점이었다.

탈란델이 방주를 운용하기 위해 전선까지 불려온 것에서 알 수 있듯, 기술자의 숫자가 너무 부족했다. 다른 두 명은 말할 것도 없이 로렌과 스칼렛이었다.

"란체 드워프들이 있더군."

탈란델이 씹어뱉듯 말했다.

"놈들은 우릴… 땅 찌질이라 불러."

"우리? 자네 말고 또 란츠 드워프가 있나?"

로렌의 말에 탈란델은 눈을 휘둥그레 떴다. 로렌의 발언이 그만큼 의외인 탓일 터였다.

"그 이야기가 아니라. …후, 그래. 이 변방에 남은 란츠 드워프는 오직 나뿐일세. 됐나? 우리라고 해서 미안하군!"

탈란델은 불쾌해했다. 하지만 로렌은 공세를 늦추지 않았다.

"아니, 그렇지 않을걸?"

"뭐?"

"란체 드워프들 중에 땅 찌질이로 돌아오고 싶어 하는 자가 있다고 말한다면 믿겠나?"

"…뭐?"

이번에는 다시 눈을 휘둥그레 뜨는 탈란델의 반응에 로렌은 웃음을 터뜨리고 말았다.

"아까부터 같은 소리밖에 안 하는군, 탈란델."

"아니, 그게 아니라."

탈란델은 손을 내저었다. 로렌은 그가 변명하도록 놔두지 않았다. 란츠 드워프가 땅 찌질이라고 조금 불렀다고 란체 드워프를 거부하는 건 그냥 놔두어선 안 됐다.

"자네도 알고 있겠지만 우리에겐 기술자가 부족해. 스칼렛 하나로 만족해선 안 되네."

그제야 로렌이 무슨 말을 하려는 건지 이해한 듯, 탈란델은 표정을 굳혔다.

"자네는 모르니 하는 말일세. 저들이 우릴 얼마나 무시했는지 말일세! 쇠나 두들기고 있는 땅 찌질이!! 전쟁에 나가서 적을 죽이고 승리하는 것이 진정한 드워프라 자부하는 자들이지! 그런데 그놈들이 이제 와서 땅 찌질이로 돌아올 것 같은가?"

꽤나 한이 깊은 듯, 탈란델은 목에 핏대까지 세워가며 말했으나 로렌은 그의 말을 듣곤 코웃음 쳤다.

"그게 자네의 꿈 아니었나? 이 방주를 보고, 다시 각인기예를 익히러 돌아오는 자가 생길 거라고 자네는 말했었지."

"…그게 나의 꿈이었지. 이뤄지지 않은 꿈."

로렌이 생각했던 것보다 탈란델의 좌절감이 컸던 듯했다. 자작령의 군대로 발레리에 대공의 군대를 물리쳤음에도 불구하고 새로 온 제자라고는 스칼렛 하나뿐이었으니 말이다.

하지만 로렌은 원인을 안다.

"한 번만으로는 부족했다네. 그리고 저들은 직접 목격하지 못했지."

"직접 보여준다면 달라질 거라고 말하는 겐가?"

"아닐 것 같은가?"

로렌의 눈동자에 깃든 확신에 탈란델은 자신의 검은 수염을 매만졌다.

"…흐음."

"한번 해보게."

로렌은 손을 내저었다.

"이번에도 안 되면, 다음에 또 하면 되겠지."

"뭐, 뭐?"

"꿈이란 게 원래 그런 거라네. 포기할 거라면 한번 포기해 보게. 그런데 지금 와서 포기할 수 있겠나?"

"…하!"

탈란델은 짧게 웃었다. 로렌은 그가 도중에 내던질 수 없음을 잘 알았다. 그리고 아마 탈란델 본인도 잘 알고 있으리라.

*　　　　*　　　　*

로렌은 탈란델의 방주에 선원으로 란체 드워프들을 배정했다.

"드워프를 선원으로 쓰다니! 그것도 하늘을 나는 배에! 난 바다에도 나가본 적도 없는데!"

밴쿠버가 투덜거렸다. 당연하지만 로렌은 란체 드워프들의 사소한 불만을 들어줄 생각 따위는 없었다.

란체 드워프 선원들을 태운 방주 두 대가 하늘을 날아올랐다.

"오오오, 우어어어어!"

"하늘! 정말로 하늘을 날다니!!"

일을 하라고 태워놓은 란체 드워프들이 갑판에 바싹 달라 붙어서 소릴 질러대는 꼴은 꽤나 눈꼴사나웠다.

"미리 시험비행을 해보길 잘했군."

로렌은 혀를 끌끌 차고는 외쳤다.

"제대로 안 하면 떨어진다!"

"그럼 그만 날면 될 거 아닙니까!"

"헛소리!"

돌아온 용병의 외침에 로렌은 고도를 더욱 높여주었다.

"시킨 대로 해!"

"으아아아! 알겠습니다!!"

란체 드워프들은 방주 갑판을 기어 다니면서도 어찌어찌 삽을 들어서 연료통에 주석 조각을 퍼 넣기 시작했다.

"좀 더 날아다니면서 익숙해질 필요가 있겠군."

"이미 익숙해졌습니다, 대장님! 아니, 사령관 각하! 제발!!"

로렌은 코웃음을 한 번 치고 고도를 더욱 높였다. 란체 드워프들의 원성은 한층 더 시끄러워졌으나 로렌은 들은 척도 안 했다.

*　　　*　　　*

시험비행을 마친 로렌은 고소공포증이 있는 용병들을 제

하고 두 대의 방주에 인원을 나눠 배치했다. 직접 하늘을 날기 전까지 자기한테 고소공포증이 있다고 인정한 자들이 없었기에, 이런 거친 방법을 쓸 수밖에 없었다.

"쓸데없이 자존심만 세 갖곤. 하긴 그러니 용병이지."

로렌은 투덜거리면서도 할 일은 다 했다.

그래도 이번 시험비행의 목적은 다 달성했다. 물론 그 목적이 고소공포증이 있는 용병을 골라내는 것만은 아니었다.

로렌이 레물로스 왕국군을 대표하는 워 오우거 특수부대인 프라이드를 섬멸시키며 작은 승리를 거두기는 했으나, 다르키아 왕국군이 윌리엄 공작령까지 빼앗기는 수모를 당하며 큰 패배를 겪은 트라우마를 완전히 극복하기엔 부족했다.

그렇게 사기가 떨어진 상태인 아군에게 초월적 병기인 방주가 하늘을 나는 모습을 보여줌으로써 사기 진작을 꾀하는 동시에 레물로스 왕국에의 무력시위를 겸하여 이번 시험비행을 계획하게 된 것이다.

그리고 로렌은 원하는 결과를 얻었다. 군영의 다소 침중했던 분위기도 활기차졌고, 병사들의 주된 화제 또한 워 오우거에 대한 공포나 전쟁에의 혐오에서 방주의 비행으로 바뀌었다.

레물로스 왕국군의 분위기도 일변했으리라. 아니라면 머리 위에 방패를 얹는 훈련 따윌 할 리가 없으니까. 스칼렛을 타고 나간 공중 정찰에서 그 광경을 발견하곤 로렌은 한동안 웃음을 멈추질 못했다.

시험비행도 공짜는 아니지만, 그 비용은 충분히 값을 해낸 것 같아 기분이 좋았다.

*　　　　*　　　　*

당연한 이야기지만, 머리 위에 방패를 얹는 것으로 상공에서 퍼부어지는 폭격을 막아낼 수는 없다. 제아무리 워 오우거가 지휘하더라도, 안 되는 건 안 된다. 전술적인 지휘 능력이 뛰어나다고 한들 경험해 보지도 않은 공군과의 교전 수칙 따윌 알고 있을 수는 없었다.

방주 단 두 대로만 편성된 다르키아 공군의 폭격은 지상에서의 전술을 아무런 의미가 없는 것으로 만들었다. 공군의 폭격으로 인해 무너진 레물로스 왕국군의 진형을 리처드 남작이 이끄는 기사단이 마저 휩쓸었다.

다른 기사도 아닌 리처드 남작이 이끄는 기사단이다. 그뿐만이 아니라 휘하에는 라핀젤 자작령의 정예 오크 기사단을 거느리고 있다. 워 오우거의 전술적 역량이 아무리 높다 한들 승리를 보장할 수 없는 상대이다.

정상적인 상태로 맞서더라도 힘든 적수인데, 폭격까지 맞은 상태로 어떻게 제대로 버티겠는가? 당연한 귀결이었다. 레몰로스 왕국군은 도저히 버틸 수가 없었다.

전선은 속수무책으로 밀렸고, 다르키아 왕국군은 고작 사흘 만에 윌리엄 공작령을 되찾았다.

그 시점에서 로렌은 자신의 가설을 거의 확신할 수 있었다.

“이제 더 이상 신탁이 내리지 않는군.”

아니, 신탁은 내릴지 몰라도 축복은 내리지 않는다. 아니라면 이렇게 공군과의 교전을 손 놓고 당할 수만은 없다.

로렌이 프라이드와 교전할 때, 프라이드는 상황에 딱딱 필요한 능력을 얻었다. 다른 축복받은 자들도 마찬가지다. 다들 축복으로는 자신들이 원하는 능력을 받았다고 진술했다.

그런데 지금의 레몰로스 왕국군 중에서 상공의 방주를 견제할 만한 능력을 새로 얻는 축복받은 자는 나타나지 않았다. 상공의 방주가 가장 큰 위협인 이 상황임에도 말이다.

‘진짜로 이걸로 끝인 건가?’

‘그분들’이 이 전쟁에 개입하는 것을 멈췄다면, 이제부터 변수 따위는 없었다.

"이 전쟁은 우리의 승리다."

그리고 로렌의 예상이 맞아들었다. 로렌은 예상했던 것보다 훨씬 쉽게 윌리엄 공작령을 수복했다. 다르키아 왕국의 입장에서는 이제야 출발선에 다시 선 셈이었다.

당연하게도 로렌은 진군을 멈추지 않았다.

다르키아 공군은 아무 견제도 받지 않고, 드디어 국경을 넘었다.

*　　　*　　　*

탈란델이 진관의 격으로 방주의 설계도를 처음 완성해 냈을 때, 이미 계획은 발동해 있었다.

문제는 설계도대로 방주를 복제해 내더라도 그게 제대로 움직이지 않을 경우의 수를 완전히 무시할 수는 없다는 점이었다. 막대한 자금을 부어서 실제로 복제해 내고 복제품이 제대로 운항하는지 시험해 보기 전에는 허투루 방주를 굴릴 수 없었다.

사실 로렌은 방주의 복제에 성공했는지 확인하지 못한 채 탈란델에게 방주의 투입을 지시했다. 그런데 탈란델은 로렌이 생각했던 것보다 훨씬 빠른 속도로 방주의 복제를 진척시켰고, 이 최전선에의 운항이라는 시험 운행도 훌륭히 성공시켜 보였다.

설령 이 전쟁에서 방주를 두 대 모두 잃더라도 탈란델을 통해 새 방주를 확보할 수 있는 방법이 생겼다.

그렇다면 더 이상 방주를 아낄 필요가 없다. 로렌은 그렇게 판단했다.

"하늘에서 우릴 막을 자는 나타나지 않는군. 그렇다면 굳이 거리낄 필요가 있을까?"

로렌은 란체 드워프 선원들에게 명령했다.

"진격한다. 목표 지점은 레물로스 왕국 왕도, 롬투로!"

수도 진격 작전.

하나의 가능성으로만 남겨뒀었던 기획서 한 장이 현실화되는 순간이었다.

*　　　*　　　*

"투석기라도 만들어 올 줄 알았는데."

로렌은 레물로스 왕국의 왕도 롬투로까지 향하는 동안, 그 어떤 영주의 공격도 받지 않았다. 하늘을 날아 자신들의 영지를 통과해 가는 방주를 그저 바라만 볼 뿐이었다. 상대가 공격해 오지 않았기에, 로렌도 귀중한 탄약을 낭비해 가면서 폭격을 할 필요를 느끼지 못했다.

적국의 영공을 날고 있는 것이라고는 믿을 수 없을 정도로 평온한 시간이 이어졌다.

"이렇게 쉬운 전쟁이 다 있나 싶군요."

밴쿠버가 경탄 반, 투덜거림 반을 섞어 말했다.

"이러다가 용병이 필요 없는 세상이 되는 게 아닌지 걱정입니다."

투덜거림의 원인은 그런 불안감이었던 모양이었다. 그리고 밴쿠버의 불안은 실로 정확했다. 지구에서는 병기 수준이 올라가고 개인이나 사적 집단으로는 도저히 국가 단위와의 전투가 불가능해지면서 용병이 발붙일 곳이 점점 사라지게 됐었다.

그렇다고 하더라도 용병이 완전히 사라지는 일은 없다. 미국조차도 용병을 고용해 미군이 개입하기 힘든 곳에 대신 투입하거나 했다. 그럼에도 그 규모나 역할이 크게 축소되는 건 어쩔 수 없는 일이다.

이대로 이 세계의 기술 수준이 높아지게 되면 여기에서도 같은 일이 벌어질 가능성이 높았다. 멀리 갈 것도 없이 로렌 하트의 시대에도 마법사의 비중이 너무 높아져 백 년쯤 후에는 창칼 등의 날붙이를 든 용병이 거의 사라지게 된다.

하물며 이번 시대에는 각인기예라는 기술이 출현했다. 시대는 더욱 격렬하게 발전할 것이며, 시대에 뒤떨어지는 자들은 더 많이 생길 것이다.

"각인기예를 배워보는 건 어때?"

그래서 로렌은 어디까지나 호의로 밴쿠버에게 그렇게 제안해 보았다.

"그런 말씀 마십쇼. 제가 이제 와서 무슨……. 노땅들이나 쓰던 기술인데."

로렌의 제안을 듣고도 밴쿠버는 툴툴거렸다. 그래도 처음에 비하면 꽤 태도가 바뀐 것이다. 란츠 드워프를 이르는 말이 땅 찌질이에서 노땅으로 바뀌었으니 말이다.

하기야 이제는 밴쿠버도 다른 란체 드워프들도 하늘을 나는 이 방주가 어떤 기술로 만들어졌는지 알게 되었으니, 태도가 바뀌지 않는 쪽이 오히려 이상하기는 하다.

"뭐, 네가 알아서 하는 거지."

로렌도 더 이상 강권하지 않았다. 굳이 강요할 이유가 없었다. 지난 시대에 안주하다 뒤쳐지는 것도, 다음 시대로 나아가기 위해 발걸음을 떼는 것도, 그건 본인이 알아서 할 문제였으니까.

* * *

다르키아 왕국의 공군이 레물로스 왕국 왕도 롬투로 상공에 도착한 시점에 로렌이 보게 된 건 왕궁 첨탑에 펄럭이고 있는 거대한 흰색 기였다.

"교전조차 없는 승리라니."

로렌은 헛웃음을 지었다. 이 항복을 받아내기 위해 로렌은 단 한 발의 포탄조차 쏠 필요가 없었다.

이 전쟁을 입안한 최고 지휘관들은 전선에서 병사가 몇 명이 갈려 나가든 상관하지 않고 진군을 명했지만, 정작 자신의 머리 위에 포탄이 떨어지게 생기자 잠시도 버티지 못했다.

사실 로렌도 이 작전을 입안하면서 걱정을 많이 했다. 지상군의 지원도 없이 공군만을 운용했을 때의 폐해를 생각하면 걱정을 안 할 수가 없었다.

보급을 못 받는 건 기본이고, 추락이라도 하게 되면 무방비 상태로 고립을 당하게 될 수도 있었다. 이렇게 되면 로렌이나 스칼렛, 덤으로 탈란델까지는 어떻게 몸을 뺄 수 있어도 다른 이들은 다 죽는다. 꽤나 대담한 올인성 전략인 셈이었다.

교전에서 승리하더라도 점령에 어려움이 있다는 점도 로렌을 망설이게 했다.

관체 드워프를 동원해 왕성 등의 중요 시설을 점령하더라도 도시 전체를 장악하기에는 병력이 절대적으로 부족하다. 적들이 전면전을 각오한다면 차라리 쉬워지지만, 요인들을 빼돌리고 유격전으로 돌입한다면 다르키아 공군도 좋은 꼴은 못 볼 것이다.

물론 시간을 끌다 보면 다르키아의 지상군이 진군해 올 테니 그에 호응하면 되겠지만, 그동안 생길 희생은 결코 무시할 수 없는 규모가 될 터였다.

로렌이 걱정했던 것과 달리 두 '최악의 사태' 모두 일어나지 않았다. 로렌과 다르키아 왕국군은 이 대담한 작전의 성공으로 깔끔한 승리를 거둬들일 수 있었다.

하기야, 아직 민족주의조차 발흥하지 않은 전근대적인 국체의 레물로스 왕국이다. 왕실로서도 국민들이 레지스탕스 활동을 벌여주기를 기대하긴 힘들 터였다.

전근대의 왕국에 있어 국민은, 아니, 민초는 지배의 대상이자 수탈의 대상이다. 왕이 민가에 숨어든다 하더라도 국민들이 자신을 숨겨줄 거라고 확신할 수 있을 리 없었다.

잔 다르크 같은 인물이 어디서 갑자기 튀어나와서 레물로스 왕을 위해 싸워주기라도 하면 모를까.

하지만 그런 일은 일어나지 않았다.

그렇기에 로렌은 아무런 저항도 받지 않은 채, 롬투로 왕성에 방주를 정박시킬 수 있었다.

*　　　　*　　　　*

로렌은 아직 긴장을 완전히 풀 수는 없었다.

'이것도 혹시 함정이 아닐까?'

로렌이야 별 호위가 필요 없었지만, 방주는 다르다. 각인으로 강화된 선체는 쉽게 파괴당하지 않겠지만, 상대가 축복받은 자라면 어떤 변수가 작용할지 모르는 일이니까.

아니, 사실 로렌 본인조차 완전히 마음을 놓을 수는 없다. 당장 불과 일주일 전에 로렌은 축복받은 자에게 죽을 뻔했다.

그래서 로렌은 곁에 밴쿠버를 두었다. 그의 [위기 감지]라면 위험이 닥치는 순간 바로 알아챌 수 있을 테니 말이다.

"일개 용병대장의 몸으로 이렇게 총사령관 각하를 단독 수행하게 되다니, 대단한 영광이로군요."

밴쿠버는 그렇게 너스레를 떨어대었다. 태도를 보니 별 위험은 없는 것 같아서, 로렌은 한결 마음이 놓였다.

레물로스 왕국의 심장인 롬투로 왕성은 이름이야 성을 자칭하고 있었지만, 별로 전쟁에 적합해 보이지는 않았다.

다르키아 왕국의 다르키아델 궁전보다도 화려하고 호사스

러운 외견이었다. 성벽부터가 대리석으로, 장식성은 매우 뛰어나지만 그렇게 단단한 편은 못 된다. 기사급은 무리더라도 기사단장 정도라면 공력을 주입한 칼로 베어댈 수 있을 정도일 테니 말이다.

적의 공격을 일차적으로 받아내야 할 성벽도 이런데, 내벽이야 말할 것도 없었다.

"이야기로는 들었지만, 정말로 동화책 속에 나오는 왕자님의 성 같군요."

로렌도 그 말에는 공감할 수 있었지만, 하필 그 말을 한 게 수염이 덥수룩하게 난 중년의 드워프 용병인 밴쿠버라 묘하게 웃긴 것은 어쩔 수 없었다.

"그래, 정말 그렇군."

금박을 발라 반짝이는 내성의 창틀을 바라보며, 로렌은 헛웃음을 지었다. 금박은 아무리 신경 써서 발라도 금방 벗겨진다. 건축물의 금박이 저렇게 반짝이고 있다는 건 지속적으로 새로 발라주고 있다는 의미였다.

'다르키아 왕국보다 왕의 권한이 강하다더니, 정말인 모양이로군.'

로렌이 왕성 앞에 다가서자 병장기는 물론이고 갑옷까지 다 벗어 비무장 상태가 된 호위병들이 성문을 열어주었다.

"어떤가? 밴쿠버."

"괜찮군요."

"그런가? 흡족하군."

로렌은 킥킥 웃었다.

방금 전의 질문은 당연히 밴쿠버의 [위기 감지]가 반응했는지에 대해 물어본 것이었다. 하지만 호위병들에게는 마치 항복한 적들의 태도에 대한 감상을 물은 것처럼 들렸을 것이다. 그럼에도 그들은 분노하지 않았다.

"흠."

턱 밑을 슥슥 쓰다듬은 로렌은 호위병들에게 명령했다.

"뭐가 있을지 모르는 너희 성안으로 들어가는 건 영 꺼려지는군. 그냥 너희 군주를 내 앞에 대령해라. 그게 안전할 것 같으니."

아무리 승리한 군대의 지휘관이라고는 하나, 로렌의 명령은 꽤나 무례한 편에 속했다. 그럼에도 호위병들은 별반 감정을 드러내지 않았다. 그저 그의 명령에 따라 왕을 부르러 왕성 안에 뛰어 들어갔을 뿐이었다.

오히려 로렌의 말에 가장 당황한 것은 밴쿠버였다. 어떻게 듣자면 자신의 발언을 신용하지 않은 것처럼 들렸을 수도 있을 테니 이해가 가는 바였다. 로렌은 호위병들 몰래 밴쿠버의 등을 두드려 안심시켜 주었다.

"네 말을 못 믿은 게 아니야. 그냥 확실히 하려고."

"아하."

눈치가 꽤 빠른지, 밴쿠버는 그 말만 듣고 안심한 듯 고개를 주억거렸다. 아니, 어쩌면 [위기 감지]가 반응하지 않아서 안심한 걸지도 모른다. 어느 쪽이든 별 상관이야 없었다.

문 너머가 갑자기 소란스러워지더니, 남자 둘이서 두툼한 롤 모양의 무언가를 들고 낑낑대면서 나왔다. 그 남자 두 명이 롤을 바닥에 두더니 굴리기 시작했다. 그러자 붉은 양탄자가 바닥에 깔렸다.

"허헛."

로렌은 헛웃음을 참지 못한 밴쿠버를 꾸짖지 않았다. 어쩌면 그 덕에 자신이 헛웃음을 참을 수 있었던 거니 차라리 고마움이 좀 느껴지기까지 했다.

그런데 그걸로 아직 끝난 게 아니었다. 여자 두 명이 바구니를 들고 급히 달려 나오더니, 바구니 안의 것을 바닥에 뿌리기 시작했다. 잘 보니 장미 꽃잎이었다.

양탄자를 깔던 남자 한 명은 안으로 뛰어 들어가고, 다른 한 명은 자리에 남아 자세를 갖춰 섰다. 그리고 눈치를 몇 번 보더니, 목청을 높여 이렇게 외쳤다.

"국왕 폐하 납시오!"

그러자 레물로스 왕국 국왕으로 보이는 화려한 차림의 남자가 코너를 돌아 이쪽으로 걸어왔다. 그의 등 뒤에는 두 명의 아름다운 여자가 깃털로 된 커다란 부채를 부치고 있었다. 앞서 나왔던 꽃잎 바구니를 든 아가씨들은 계속해서 꽃잎을 뿌렸다.

'그냥 이것들 다 때려 부숴 버릴까.'

로렌은 자신의 마음속에서부터 자연스럽게 샘솟은 그러한 충동을 가라앉히기 위해 무진 애를 써야 했다.

레물로스 국왕의 걸음은 느려 터져서, 5분 후에나 로렌의 앞에 당도했다. 그는 로렌의 인사를 기다리듯, 국왕은 허리를 꼿꼿하게 세운 채 헛기침을 했다.

'그럼 해줘야지.'

로렌은 허리를 숙여 공손히 인사했다.

"다르키아 왕국군 총사령관 디셈버라 합니다, 전하."

"…짐이 이 나라의 국왕이다."

로렌의 인사를 받은 레물로스 국왕의 미간이 꿈틀거렸다.

"만나 뵙게 되어 영광입니다, 전하."

"일국의 총사령관이나 되는 작자가 기본적인 예조차 모르는가?"

더 이상 참지 못하겠다는 듯, 레물로스 국왕이 말했다.

"무슨 말씀을 하시는지 알아듣지 못하겠사옵니다, 전하."

"짐을 전하라 부르다니, 그 무슨 무례한 언사란 말인가?"

"하오나 전하, 제가 폐하라 부를 분은 위대하신 다르키아

14세 폐하뿐이옵니다."

로렌의 날카로운 눈빛에, 레물로스 국왕은 그제야 로렌이 어떤 의도로 자신에 대한 호칭을 정한 건지 알아채곤 얼굴빛을 붉혔다.

"그럼 전하, 함께 가주시지요."

"어, 어딜?"

레물로스 국왕의 목소리가 거칠게 떨렸다. 로렌은 기세를 늦추지 않았다.

"항복 문서에 조인하셔야지요."

로렌은 애초부터 왕궁 안으로 들어갈 생각이 없었다. 레물로스 국왕을 방주에 승선시켜, 거기서 외교적 절차를 끝낼 생각이었다.

애초에 로렌은 항복을 받아주는 입장이었다. 여기까지 마중을 나와준 것으로도 감사를 받아야 마땅했다. 사실은 왕성 안에 위험 인물이 있는지 밴쿠버의 능력으로 체크하기 위해 방주에서 내려온 것이지만, 그런 사실을 굳이 누구한테든 밝힐 필요가 없었다.

레물로스 국왕은 입술을 파르르 떨었다.

"…알았소. 다만 대신 몇 명의 동승을 허락해 주시오."

"전하의 뜻에 따르겠사옵니다."

스타일만 봐도 국왕이 실무를 잘할 것처럼은 보이지 않았다. 실무자가 없으면 아무것도 안 될 터. 그런 까닭에 애초부터 실무자들도 동행시킬 생각이었으므로, 로렌은 흔쾌히 대답했다.

설령 동승자들 중에 위협이 될 만한 인물이 섞여 있더라도 밴쿠버의 능력으로 금방 알아보는 게 가능했으므로 거절할 이유가 없었다.

* * *

로렌은 다르키아 14세로부터 말 그대로 전권을 위임받은 상태였다. 그 전권에는 레물로스 왕국이나 도이힐 영주 연합을 항복시킨 후의 전후 처리까지 포함되어 있었다. 로렌이 일부러 따로 질문까지 했고, 다르키아 14세는 웃으며 흔쾌히 고개를 끄덕여 주었다.

아무리 대마법사 디셈버라 하더라도 그건 너무 패기만만한 질문이라 생각하고 웃는 것 같았지만, 로렌은 진심이었다.

그러니 이렇게 요구 사항을 잔뜩 적어놓은 항복 문서를 미리 만들어놓을 수 있는 것이었다.

레물로스 국왕은 항복 문서를 읽다가 고통스러운 표정을 한 번 지었지만, 곧 해탈한 듯 웃었다. 국왕은 신하들에게 문서를 보이고 의논을 할 시간을 달라고 요청했다. 로렌은 요청을 받아들었다.

문서를 읽은 신하들은 더 나쁜 조건이 되기 전에 얼른 사인을 하라고 충언했다. 조언을 들은 레물로스 국왕은 잠깐 떨떠름한 표정을 짓기는 했지만, 곧 사인을 하고 옥새를 찍어 항복 문서를 완성시켰다.

“이로써 이제 레물로스 왕국은 내 것이군.”

레물로스 국왕이 폐위당하거나 하지는 않았다. 그저 레물로스 왕국이 로렌의 괴뢰국이 되었을 뿐이다.

이 시대의 이 세계에선 드문 방식을 쓰기는 했다. 보통이라면 왕은 추방시키고 왕국을 멸망시켜 흡수 통일을 하는 방식을 쓴다. 국토는 공신에게 분봉하는 식으로 처리한다.

하지만 이 방법대로 하면 레물로스의 영주들이 반발할 것이다. 무력으로 굴복시키면 되는 일이지만, 무력 행사로 인해 파괴되는 시설과 인적 자원은 어쩔 것인가? 비효율적이다.

이 시대의 다른 영주들이나 권력자들은 보통 이 비효율적인 방식을 사용하지만, 로렌은 그냥 레물로스의 국체를 남기고 왕의 권한을 모두 가져오는 방식을 사용했다.

레물로스의 중신들이 괜히 국왕에게 항복 문서의 서명을 종용한 게 아니다. 국왕은 허수아비가 되지만, 신하들의 신분은 남으니까. 그저 실질적인 명령권자가 로렌으로 바뀐 것뿐이다. 그들 입장에서는 잃은 게 없었다.

'이완용 같은 놈들.'

지구에서는 한국인으로 태어났던 로렌의 입장에서 그런 레물로스 중신들의 행태를 보고 있노라면 다소 씁쓸하긴 했다.

어차피 인사권은 로렌에게 있다. 향후에는 서로 파벌 싸움을 시키고 패배한 파벌을 정리하는 식으로 하나둘 제거할 생각이었다. 실각하게 된 중신들은 로렌이 아니라 적대 파벌을 증오할 것이고, 그 전까지는 로렌을 상대로 충성 경쟁을 벌이게 될 터였다.

이것도 지금 쓸 방법은 아니다. 지금 당장은 매국노들을 이용할 생각이었다. 로렌은 승리자의 권한을 바로 발동했다.

레물로스 국왕의 이름으로 레물로스 왕국 내의 모든 로어엘프를 해방시켰다. 레물로스 국왕의 옥새는 로렌에게 있으니, 국왕의 동의를 얻을 필요는 없었다.

레물로스 왕국도 중앙집권국가는 아니다. 로렌의 새로운 명령에 반발하는 영주도 없지는 않겠지만, 적어도 영주의 인을 빼앗고 추방하는 것보다는 반발이 덜할 것이다.

레물로스의 영주들이 패배의 대가를 받아들이기까지 얼마나 걸릴까. 어쩌면 군대를 일으켜 반항할지도 모른다. 사실 레물로스의 모든 영주가 힘을 합쳐 대항한다면 로렌으로서도 좀 곤란한 상황을 맞게 된다.

'뭐, 어지간하면 그럴 일은 없겠지만.'

로렌은 영주들이 어떻게 나올지 어느 정도 예상하고 있었다. 새로운 권력에 줄을 대려고 하거나, 이 혼란을 이용해 자신의 이득을 채우려 들 터였다. 영주들의 입장에서는 국가보다 자신의 영지가 중요할 테니까. 이 또한 봉건사회의 한계였다.

그럼에도 로렌은 신경을 바짝 곤두세웠다. 아무런 변수가 없다면 모르겠지만, 지금의 이 세계에는 '그분들'이라는 변수가 있다. 마음을 완전히 놓긴 이른 단계였다.

*　　　*　　　*

로렌은 주머니에서 나침반을 꺼냈다. 평범한 나침반이 아니었다. 주인이 없는 엘리시온의 경이 파편의 위치를 가리키는, 발레리에 대공을 무찌르고 얻은 전리품이었다. 그 나침반이 한 방향을 고정한 채 움직이지 않고 있었다.

"흠."

굳이 엘리시온의 파편을 모으러 다니지는 않을 생각이었지만, 이렇게까지 나침반이 반응해 버리면 아예 무시하는 것도 좀 그랬다. 위치를 옮겨가며 나침반의 방향을 관찰하던 로렌은 나침반이 자신만을 가리키는 것을 보고 좀 놀랐다.

결론에는 금방 도달할 수 있었다. 최근에 새로 얻은 소지품은 몇 개 되지 않았기 때문이었다. 로렌은 레물로스 국왕의 옥새를 꺼내었다. 그러자 나침반이 그 옥새를 가리켰다.

"흐음?"

레물로스 국왕의 옥새를 조사하자, 옥새에 작은 틈새가 보였다. 그 틈새에 손톱을 밀어 넣자, 옥새는 빠각, 하는 소릴 내며 열렸다. 부서진 게 아닐까 걱정했지만, 열린 단면을 보니 원래 이런 구조였음을 금방 알 수 있었다.

그리고 로렌은 옥새 안에 엘리시온의 파편을 발견했다.

"꽤 크군."

이제까지 로렌이 모은 엘리시온의 경이 파편보다도 두세 배는 큰 크기였다. 이 정도면 덩어리라고 해도 좋을 듯했다. 로렌은 그 파편을 집어 들었다.

번쩍!

그러자 파편이 빛나기 시작했다.

"윽!"

로렌은 놀라서 파편을 내려놓았다. 방금 무슨 일이 일어난 건지, 그는 바로 이해하지는 못했다. 그러나 그가 올바른 결론에 이르기까지 많은 시간을 필요로 하지는 않았다.

"…디셈버인가."

이제까지는 로렌에게 반응하지 않았던 파편이 갑자기 반응한 이유라고는 이것밖에 떠오르지 않았다.

로렌은 지금 디셈버, 그러니까 로어 엘프 상태였다.

'가설이 세워졌으니 실증을 해보자.'

로렌은 명률법을 사용해 인간의 형태로 돌아와 파편을 집었다. 그러자 파편은 아무런 반응을 보이지 않았다. 파편을 다시 옥새 안에 수납해 넣으며, 로렌은 고개를 갸웃거렸다.

'그래도 이상한데.'

로렌 하트 시절에도 엘리시온의 경이에 접촉한 적이 있었지만 이런 일은 없었다. 지금 와서 새삼 말할 것도 없이, 로렌 하트 또한 로어 엘프였다. 디셈버가 로어 엘프이기 때문에 엘리시온의 경이를 사용할 수 있게 되었다는 가설은 논거가 다소 부족했다.

'게다가 원래 엘리시온의 경이는 웰시 엘프밖에 사용하지 못하지.'

로어 엘프인 디셈버가 엘리시온의 경이를 사용할 수 있다는 것도 기존의 이론과는 차이가 있었다. 로렌은 곧장 다음 가설을 떠올렸다.

'로렌 하트에게는 고귀함이 없었지만, 디셈버에게는 고귀함이 있어서 그런가?'

웰시 엘프들은 고귀함을 얻기 위해 사치스러운 생활을 즐겼다. 호화로움을 즐겼다는 점에 있어선 로렌 하트가 디셈버보다 훨씬 우위에 놓였다. 하지만 고귀함의 기준이 사치스럽고 호화로운 생활을 즐기는 게 아니라는 것은 이미 라핀젤의 경우로 드러났다.

"디셈버의 이름으로 로어 엘프를 해방시켜서 그런 것이겠군."

라핀젤과 디셈버의 공통점은 이 정도밖에 떠오르지 않았다. 로렌 하트는 인권에 별로 관심이 없었다.

지금으로서 내릴 수 있는 결론은 이 정도였다. 더 생각해봐야 의미가 없을 것 같았다. 로렌은 옥새와 나침반을 품속에 넣었다.

디셈버 상태로 있을 때 한정이라는 조건이 붙어 있긴 하지만, 어쨌든 라핀젤과 떨어져 있어도 엘리시온의 경이의 혜택을 받을 수 있게 됐다는 점에서는 의의가 있었다. 적어도 이제는 더 이상 베르나 같은 특수 능력을 지닌 암살자의 급습에 떨지 않아도 된다.

"좋은 게 좋은 거지."

로렌은 그냥 좋아하기로 했다.

*　　　*　　　*

다르키아 왕국군 총사령관 디셈버가 라핀젤 자작 소유의 방주를 지원받아 레물로스 왕국 정규군인 워 오우거 군대를 타격하여 멸하고 그대로 레물로스 왕국의 수도인 롬투로에 진격해 항복을 받아냈다는 승전보는 순식간에 다르키아 전역은 물론이고 주변 국가로도 퍼져 나갔다.

다르키아 14세는 로렌이 그에게 직접 보고하러 가기 전에 이미 그 소식을 입수했다. 사람보다 발 없는 소문이 더 빠르다더니 이게 딱 그 짝이었다.

"대마법사 디셈버! 그대가 이 나라에서 태어난 것이 이 나라의 홍복이오!!"

다르키아 14세는 맨발로 뛰쳐나와 디셈버를 껴안으며 환영했다.

"폐하, 아직 정식으로 보고드리기 전입니다만."

"절차 따위가 중요하겠소? 그대는 이 나라를 구했소! 실로 구국의 영웅이오!!"

잘 들어보니 국왕이라는 사람이 로렌을 상대로 반공대를 하고 있었다. 로렌은 곧장 국왕을 향해 절을 하며 말했다.

"성은이 망극하여이다, 폐하!"

다르키아 14세는 급히 로렌을 일으켰다.

"그대는 이 나라의 영웅일 뿐만 아니라, 내 목숨을 구한 은인이기도 하오. 왕실을 일으켜 준 것만으로도 무슨 보답을 해야 할지 아직도 모르겠는데, 이제는 그대가 원한다면 내 목숨마저 내놓아야 할 판이오."

다르키아 14세의 발언에 놀라 로렌은 바닥에 머리를 찧었다.

"폐하, 부디 말씀을 거두어주시옵소서! 저는 그저 폐하의 신하로서 할 일을 다하였을 뿐입니다!"

그리고 다르키아 14세의 대답을 기다리지 않고 급히 품속에서 레물로스 국왕의 항복 문서와 옥새를 내놓았다. 다르키아 14세는 그것들을 받아 들고, 주변을 둘러보며 외쳤다.

"왕실 마법사청 대마법사와 단둘이 있고 싶다. 자리를 비우라!"

왕실 마법사청의 활약으로 국왕의 위상이 오른 덕분에 이 자리에는 예전처럼 내관 한 명만 대기하고 있는 게 아니었다.

다르키아 14세의 호령에 알현실에 있던 내관들과 신하들이 자리에서 물러났다. 그들이 충분히 떨어졌다고 생각하자, 다르키아 14세는 로렌을 향해 속삭였다.

"큰 소리 내지 마시오. 내가 한 말은 빈말이 아니오. 그대는 그대가 원한다면 언제든 이 나라의 왕이 될 수 있소."

로렌도 그건 알고 있었다. 지금 왕의 권위는 왕실 마법사청에서 나온다고 해도 과언이 아니었다. 그런데다 디셈버가 이렇게 군사적 업적까지 거둬 버리니, 왕으로서도 그가 왕권을 내놓으라고 해도 어찌할 수가 없는 지경에 이르렀다.

"하지만 나는 아직 왕을 하고 싶소. 내게도 야망이 있지. 그러니 거래를 합시다."

"폐하……."

"조용히 하라잖소? 이 옥새와 항복 문서는 돌려주겠소. 레물로스 왕국은 마음대로 하시오. 도이힐 영주 연합에서 얻게 될 전리품도 모두 그대의 것이오. 솔직하게 갑시다. 나는 아직 죽고 싶지 않소."

다르키아 14세가 이렇게 툭 터놓고 나올지 몰랐던 로렌은 어찌할 바를 몰랐다. 물론 좋아서 그런 것만은 아니었다. 다르키아 14세의 제안은 로렌으로서도 당혹스러운 것이었으니까.

로렌이 어떻게 받아들이든, 다르키아 14세는 계속해서 낮은 목소리로 읊조렸다.

"그러니 한 가지만 약속해 주시오. 내가 살아 있을 때까지만 이 왕위와 이 나라를 유지시켜 주시오. 별로 길지는 않을 거요. 난 나이를 많이 먹었으니까."

"그리 말씀하지……."

"어허, 그냥 고개만 끄덕여 주시오. 그게 내 마음을 제일 편하게 해줄 것 같으니."

로렌은 어쩔 수 없이 고개를 끄덕였다. 그러자 다르키아 14세는 표정을 확 밝히며 큰 목소리로 말했다.

"그대를 위해 내 연회를 준비했소! 용사들과 함께 먹고 마시고 즐기며 승리를 만끽하시오!!"

*　　　*　　　*

다르키아 14세의 한 수는 멋진 한 수라 평할 만했다.

사실 로렌은 지나치게 큰 공을 쌓아버렸다. 말하자면 로마의 카이사르, 프랑스의 나폴레옹, 고려의 이성계가 된 셈이라 할 수 있었다. 예로 든 세 군사 지도자들은 군공을 기반으로 입지를 다지다가 결국 군주가 되어버린 케이스다.

군사 지도자가 지나치게 큰 공을 쌓으면 기존의 세력이 반발한다. 이것이 가장 노골적으로 드러난 예는 다윗을 죽이려 한 사울을 들 수 있겠다. 다윗은 사울의 사후 왕으로 옹립된 경우지만, 많은 경우 군사 지도자는 이러한 기존 세력의 위협을 상대로 자신의 목숨을 보전하기 위해서라도 결국 최고 권력자가 되는 길을 선택한다.

하지만 다르키아 14세는 처음부터 로렌을 상대로 숙이고 들어가는 것을 택했다. 말하자면 중국 삼국지 시대의 헌제 같은 선택을 한 셈이다. 그렇다면 로렌도 군이 자신의 몸을 지키기 위해 다르키아 14세에게 위해를 끼칠 필요가 없어진다.

애초부터 왕이 될 생각 따위는 없었다. 국왕 같은 책임이 큰 직위를 맡아버리면 로렌의 시간은 더욱 줄어들 것이다. 로렌의 목적은 최대한 다양한 능력을 습득해 다음 생애를 대비하는 것이다. 왕이 되기보다는 왕의 협력을 얻는 게 더 낫다.

로렌은 다르키아 14세에게 이러한 자신의 의도를 확실히 드러냈다. 예의를 지켜가며 말하기는 힘들었지만, 어쨌든 전달은 된 모양이었다.

승전 축하연을 마친 후, 로렌은 다시 전선으로 돌아갔다. 도이힐 영주 연합과의 전쟁은 아직 끝나지 않았다.

도이힐 영주 연합 측에서는 로렌이 레물로스 왕국 쪽의 전선에 가 있는 동안 별다른 군사 행동을 벌이지 않았다. 그들에게도 레물로스 왕국이 패퇴하고 항복했다는 소식은 들어갔을 것이다. 어째서 레물로스 국왕이 항복을 선택했는지에 대해서도 그들은 알고 있으리라.

전쟁이 그리 길어질 것 같지는 않았다. 다른 변수가 없다면 곧 끝날 것이다.

*　　*　　*

로렌의 생각대로 전쟁은 금방 끝났다.

도이힐 영주 연합은 영주들의 연합체다. 연합의 대표가 있긴 하지만, 왕국에 비해 그 결속이 느슨한 것은 어쩔 수 없었다.

가장 먼저 항복을 표명한 것은 국경에 위치한 영주들이었다. 그들은 도이힐 영주 연합을 탈퇴하고 다르키아 왕국의 일부가 되겠다고 전달해 왔다. 로렌은 그들의 항복을 받아들였다.

영주 연합 측은 먼저 배신한 국경 지대 영주들을 맹렬히 비난했지만, 연합의 생각과 연합을 이루는 영주들의 생각은 다른 모양이었다.

전선에서 멀리 떨어진 북쪽의 대영주 세 명이 도이힐 영주 연합의 탈퇴를 선언했다. 사실상의 독립 선언이었다. 만약 승리했다면 승리의 과실은 챙겨갔을 테지만, 패배가 눈에 보이니 그 책임은 지지 않으려는 비겁한 선택이었다.

로렌은 그들의 독립 선언을 그냥 두고만 봤다. 다르키아 왕국이 독립한 영주들에 대한 선전포고를 하지 않으니, 간을 보던 다른 영주들도 재빨리 같은 생각을 했다.

영주 연합의 탈퇴는 가속화되고 있었다. 이제는 더 이상 영주 연합이라고 할 수 없는 상황까지 내몰리자, 결국 연합이 먼저 백기를 들었다.

로렌은 별다른 페널티를 물리지 않고 마지막까지 영주 연합에 남아 있던 영주들을 다르키아 왕국의 일부로 받아들였다. 그렇게 도이힐 영주 연합이 완전히 무너지고 나서야, 로렌은 영주 연합에서 독립한 영주들을 향한 선전포고를 했다.

애초부터 패전의 책임을 지지 않기 위한 연합 탈퇴였다. 영주들은 다른 방법을 택할 수 없었다. 그들도 항복했다. 마지막까지 싸우려는 영주들은 없었다.

이 한 달 동안 치러진 전쟁은 모두 서류상으로 이뤄졌다.

도이힐 영주 연합은 이렇게 종이 위에서 멸망했다.

*　　　*　　　*

레물로스 왕국이 항복하고 도이힐 영주 연합이 해체됨으로써 다르키아 왕국을 향한 전쟁은 완전히 끝났다. 눈치를 보던 다른 주변의 왕국들은 더 이상 다르키아 왕국에게 적대적인 태도를 취하지 않았다. 오히려 다르키아 왕국을 두려워하기 시작했다.

그도 그럴 만했다. 이 짧은 전쟁으로 말미암아 다르키아 왕국은 이제 더 이상 변방의 소국이 아니라 대륙의 패권을 다툴 만한 강대국으로 발돋움했기 때문이다. 국토만 해도 두 배 이상으로 불어났다. 구 도이힐 영주 연합을 흡수함으로써 새로 얻게 된 영지들 덕이었다.

레물로스 왕국도 항복하여 사실상의 괴뢰국이 된 마당이다. 이대로 다르키아 왕국이 패도를 걷기 시작한다면, 주변 국가들도 결코 무사할 수 없었다. 순식간에 대륙 전체에 긴장의 기류가 흐르기 시작했다.

그러나 다르키아 왕국은 적어도 당장 정복 전쟁에 나설 마음은 없어 보였다. 그런 다르키아 왕국에게 먼저 시비를 걸 만한 상대도 딱히 없었다.

그렇게 당분간은 기묘한 평화가 대륙에 머물게 되었다.

*　　　*　　　*

이 평화 기간 동안, 로렌이 가장 먼저 한 일은 왕국군 총사령관직과 수석 궁정 마법사직을 반납한 것이었다.

수석 궁정 마법사직은 베르테르에게 물려주었기에 로렌의 입김이 왕실에서 완전히 사라졌다고는 볼 수 없었다. 그렇다 하더라도 그가 이렇게 쉽게 자리에서 물러나리라고 예상한 사람은 로렌 본인을 제외하고는 아무도 없었다.

"호국경(Lord Protector)께선 권력욕이 없으신 건가?"

로렌의 행보에 중앙정부의 행정관들이 수군거렸다.

호국경. 도이힐 영주 연합 소속 영주들 전원에게 항복을 받아내 이 전쟁을 완전히 끝낸 후 로렌에게 새로 내려진 칭호였다.

로렌이 세운 전공을 치하하며 다르키아 14세가 직접 수여했다. 이제 왕실에서 로렌에게 뭘 해줄 수가 없었으므로, 이런 칭호라도 내리는 게 고작이었다.

지구 역사 속의 호국경은 올리버 크롬웰로 유명하지만, 로렌은 크롬웰처럼 왕권을 휘두르는 독재자가 될 생각이 없었다.

애초에 로렌이 수석 궁정 마법사의 위치에서 얻을 수 있는 모든 것은 디셈버로서 얻는 것이었고, 디셈버는 그에게 있어 가짜 신분에 불과했다. 왕과 나라에 얽매이지 않고 자유롭게 움직일 수 있는 로렌으로서의 신분이 지금의 그가 목적을 이루기엔 더욱 적합했다.

더군다나 새로 수석 궁정 마법사로 임명된 베르테르는 로렌의 수족이나 다름없는 존재다. 수석 궁정 마법사로서의 권한이 필요하면 베르테르를 움직이면 될 일이었다.

다르키아 14세는 디셈버의 행보를 환영했다. 중앙 정계에서 멀어져 왕권에 대한 욕심을 드러내지 않는 그의 취지를 높이 산 것이다.

다르키아 14세는 구 도이힐 영주 연합에의 영향력을 바탕으로 중앙 정계를 장악해 나가고 있었다. 정말로 로렌에게 항복 비슷한 걸 한 그 사람과 동일 인물인지 헷갈릴 정도의 왕성한 행동력으로 일을 추진해 나가고 있었다.

적어도 다르키아 왕국 내의 암살자 조직은 로렌이 전부 장악했으므로, 역사대로 그가 암살당하는 일은 없을 것이다. 외부에서 암살자가 찾아오더라도 로렌의 조직인 '히드라의 피'가 바로 발견할 테니까 말이다.

놀랄 일은 여기서 끝난 게 아니었다. 이번 전쟁에서 마법사 부대와 기사단, 그리고 방주를 지원해 큰 공을 세운 라핀젤 자작은 그레고리 남작으로부터 위임받았던 자작 위를 남작에게 다시 돌려주었다. 당연히 자작령의 통치권도 남작에게 돌아갔다.

"나야 상관없지만, 넌 괜찮아?"

"이런 말을 하면 내가 쓰레기처럼 보이겠지만, 난 그냥 내게 작아진 옷을 그레고리 남작에게 물려준 것뿐이야."

로렌은 낄낄 웃으며 라핀젤의 질문에 대답해 주었다.

이제는 카탈루니아 대공령이라는 이름이 그럭저럭 익숙해지고 있는 구 발레리에 대공령에의 영향력이 사라진 것도 아니었고, 브뤼델은 로렌의 것이나 마찬가지였다. 그리고 그의 손 위에서 레물로스 왕국의 옥새가 반짝이고 있었다.

"당분간은 공무에서 해방되어 느긋하게 여행이나 할 생각인데, 따라올래?"

"그래!"

라핀젤은 환하게 웃었다.

*　　　*　　　*

로렌은 별로 착하지도 않고 정의롭지도 않은 인간이다. 오히려 이기적이고 탐욕스러운 인간이라 하는 것이 옳으리라. 그런 그가 아무런 대가도 받지 않고 라핀젤 자작령을 그레고리 남작에게 돌려준 것에는 이유가 있었다.

"다시 뵙게 되어 영광입니다, 호국경 각하."

루시아 대공은 로렌을 향해 공손히 고개를 숙였다. 비록 로렌으로서 얻은 지위는 아니나 로렌은 호국경이며, 대공은 로렌이 곧 디셈버임을 알고 있었다. 그렇기에 로렌은 대공이 예를 표하기에 합당한 상대였다.

"인간만이 귀족이 되어야 한다는 게 '그분들'의 의지가 맞습니까?"

적당한 인사가 오간 후, 로렌은 곧장 본론으로 들어갔다.

"네, 그렇습니다. 그 증거로 절 보십시오."

루시아 대공은 화사하게 웃었다. 지난번에 봤을 때 그녀는 30대 초중반으로 보였지만, 지금은 20대 초중반으로 보였다.

"거짓말을 한 건 아닙니다. 전 분명히 신탁을 포기했습니다. 하지만 그 신탁이 멋대로 이뤄지고 만 것이죠. 그래서 얻게 된 축복입니다."

루시아 대공의 손에서 떠난 신탁이 멋대로 이뤄졌다. 로렌은 그녀가 받은 신탁의 내용을 익히 예상할 수 있었다.

"설마 신탁의 내용이……."

"맞습니다. 라핀젤 자작을 자작 위에서 끌어내리는 것이었습니다."

그럴 줄 알았다는 듯 고개를 끄덕이는 로렌을 보며, 루시아는 눈을 가늘게 뜨고 웃었다.

"원래대로라면 신탁의 내용을 털어놓는 것조차 금기입니다만, 호국경 각하께 말씀드리는 것은 '그분들'께 허락을 얻었습니다."

"다른 '축복받은 자'들과 달리 '그분들'과 꽤 친분이 있으신 모양이로군요."

"그야 제가 두 번째로 원한 축복이 '그분들'과의 소통이었으니까요."

루시아 대공은 이전에 로렌이 찾아왔을 때와는 달리 꽤 많은 정보를 자진해서 주고 있었다. 그때만 해도 '그분들'에 의해 줄 수 있는 정보를 제한당하고 있었는데, 이번 일을 계기로 그 제한이 상당히 풀린 모양이었다.

"호국경께서 알고 하신 것인지는 모르겠습니다만, 이번 조처는 말 그대로 최선이었습니다. '그분들' 중 강경파가 명분을 잃어버린 상태에서 호국경께서 자진해 라핀젤 자작을 자작 위에서 내림으로써 온건파에 힘을 실어주셨죠."

"그렇군요."

"역시 알고 계셨군요."

"아뇨, 몰랐습니다."

실제로 로렌은 몰랐다. 그저 가설 몇 개를 조합해서 가능성이 높은 명제를 만들어내고 가장 유리할 법한 시나리오를 굴렸을 따름이었다. 그리고 이번에는 그게 맞아든 것에 불과했다.

이러한 가설을 수립하는 데는 루시아 대공이 준 힌트들이 큰 역할을 했다.

—'그분들'은 다수고, 다수의 의견을 갖고 있다.

—인간만이 귀족 작위를 독점하는 이유는 '그분들'의 의지가 작용했기 때문이다.

루시아 대공이 준 힌트들을 바탕으로 로렌은 '그분들' 가운데 파벌이 존재하리라는 가설을 세웠고, '그분들'의 이번 시도를 완전히 좌절시키기 전에 항복하면 로렌과 라핀젤에게 불리하게 행동하는 파벌에 힘을 실어주리라는 결론을 내렸다.

그래서 전쟁을 완전히 끝낸 후에나 라핀젤로 하여금 자작위를 포기시키게 한 것이었다.

54장
그분들의 정체

설령 로렌은 자신의 추측이 틀렸더라도 크게 놀라지는 않았을 것이다. 말 그대로 가설이었으니까. 그런데 그 가설이 맞아들었다. 정답을 맞힌 로렌은 그로 인한 대가를 받아 챙길 권리가 생겼다.

루시아 대공과의 대화를 통해서 그분들에 대한 정보를 더 많이 얻게 되었다.

루시아 대공이 다른 '축복받은 자'들에 비해 '그분들'에 대해 더 잘 알고 있다는 것 또한 가설이었지만, 그 가설도 맞아들었다.

이 전쟁을 승리로 끝낸 후 루시아 대공을 찾아온 것이 정답이었다.

“대단히 놀라운 일입니다만, 호국경 각하께서는 ‘축복받은 자’가 아니라는 확답 또한 받았습니다.”

“그렇군요.”

예상은 했기에 로렌은 아무렇지도 않게 고개를 끄덕였다.

로렌이 나이에 걸맞지 않은 힘과 능력을 얻은 건 축복 덕이 아니라 단지 그가 이번 생을 두 번째로 보내기 때문이다. 오히려 축복받은 자라는 말을 들었다면 놀랐을 것이다.

“이것 역시 별로 놀라지 않으시는군요. 대체 무슨 말씀을 올려야 놀라시는 모습을 볼 수 있을지 모르겠습니다.”

루시아 대공은 귀엽게 툴툴거렸다. 60대인 본래 나이를 생각하면 영 안 어울리는 행동이었건만, 외모가 위화감을 덮어버리니 이건 이것대로 무서운 일이었다.

“호국경 덕에 저는 다시 젊음을 얻었습니다. 이 나이에 젊음보다 귀중한 것은 없지요. 앞으로 제 도움이 필요하시면 얼마든지 말씀하십시오. 제 능력이 닿는 한 최선을 다해 도와드리겠습니다.”

“그건 바라마지 않던 제안이로군요.”

로렌이 루시아 대공을 찾아온 건 오로지 정보를 얻기 위해서만은 아니었다. 교섭을 위해서이기도 했다.

루시아 대공령에도 그랑 드워프의 유적이 하나 있었다. 로렌은 루시아 대공과 그 유적의 발굴권과 사용권을 교섭할 생각이었다. 그런데 루시아 대공이 먼저 이런 제안을 해주니 로렌은 내심 미소를 지을 수밖에 없었다.

*　　　　*　　　　*

루시아 대공도 유적의 가치에 대해서는 이해하고 있었다. 이번 전쟁에서 결정적인 역할을 한 방주가 발굴될지도 모르는 유적을 아무렇지도 않게 로렌에게 넘길 수는 없었다. 하지만 루시아 대공이 이해하고 있는 건 그뿐만이 아니다.

'유적을 발굴할 수 있는 것도, 활용할 수 있는 것도 호국경뿐이지.'

루시아 대공령에도 드워프는 있었다. 그렇기에 루시아 대공은 재빨리 그들을 포섭해 자신의 영지에 존재하는 그랑 드워프의 유적을 발굴하려고 해봤다. 결과는 허탈했다. 아무도 유적의 문조차 열지 못했다.

"발굴권은 무료로 드리죠. 사용권 또한 마찬가지입니다. 하지만 발굴품에 대한 소유권은 9 대 1로 하지요."

물론 로렌이 9, 대공이 1이었다. 대공의 제안에 로렌은 흔쾌히 고개를 끄덕였다.

*　　　*　　　*

유적에 대한 논의를 마치고 계약서까지 쓴 루시아 대공과 로렌은 그 외에 이런저런 세상 돌아가는 이야기를 나누었다.

발레리에 대공이 죽은 후 그 뒤를 이어 즉위한 카탈루니아 대공이 속 빈 강정이 되었고, 왕의 친척이라는 타이틀로 세를 떨치던 윌리엄 대공도 이번 전쟁으로 죽고 말았다. 이제 귀족 세력의 명실상부한 최고 권력가는 바로 루시아 대공이었다.

그런 대공과 호국경이 된 로렌이 나누는 '세상 돌아가는 이야기'는 그냥 이야기가 아니었다. 둘 다 이 나라를 좌지우지할 수 있는 발언권을 지녔다. 말 한 마디에 수천 명의 운명을 뒤바꿀 수 있는 영향력을 발휘할 수 있다는 의미다.

로렌의 경우에는 다 내려놓고 여행이나 다니겠다고 공언하고 있었지만, 루시아 대공은 그 말을 온전히 믿을 수는 없었다.

그런 탓에 루시아 대공은 온 신경을 다 기울여 로렌의 표정과 억양을 분석했다. 당연히 그냥 시답잖은 잡담이나 하는 척을 하면서 말이다. 나이에 걸맞지 않게 짙게 바른 화장이 적잖이 도움이 되었다.

새로운 신탁은 뜬금없이 내려왔다. 바로 로렌이 레물로스 왕국의 온천이 그렇게 괜찮다는 이야기를 하고 있을 때였다.

[연자(緣者)여, 그대를 통해 저자와 대화를 하고 싶다.]

루시아 대공은 잠깐 당황했다. 보통 신탁은 혼자 있을 때 내렸기 때문이다.

더군다나 이번 신탁은 꽤나 특별했다. '그분들' 중 하나가 그녀의 몸을 빌리겠다고 말한 것이다. 그것도 '축복받지 않은 자'와 대화하기 위해서.

신탁을 따르는 것은 간단했으나, 루시아 대공은 바로 응낙하지는 않았다.

"호국경 각하, 그분들 중 한 분께서 각하와 대화를 하고 싶다고 말씀하셨습니다."

그제야 루시아 대공은 그녀가 원하던 것을 볼 수 있었다. 로렌의 놀라는 표정이었다.

대공은 실로 흡족해하며, 신탁에 따라 '그분'에게 몸을 넘겨주었다.

*　　　*　　　*

"처음 뵙겠습니다, 호국경 각하."

로렌은 뭐가 변한 건지 바로 알아차릴 수는 없었다. 눈앞의 젊은 여성, 정확히는 젊어 보이는 여성은 여전히 루시아 대공이었으므로.

말투도, 목소리도, 표정도 모두 바뀐 점이 없었다. 그저 지금 와서 처음 본다는 첫인사를 하는 것만이 그녀의 달라진 점 전부였다.

어떻게 보면 루시아 대공이 자신을 놀리기 위해 연기하는 것처럼도 보였기에, 로렌은 도리어 혼란스러웠다.

'그럴 이유가 없지.'

로렌은 루시아 대공이 자신과 대면하며 얼마나 긴장했는지 꿰뚫어 보고 있었다. 그도 그럴 만했다. 로렌이 그러지 않을 뿐이지, 호국경은 마음만 먹으면 국가 권력을 좌지우지할 수 있는 자리다. 그런 로렌에게 위험을 감수하고 연기까지 하면서 놀린다? 말이 안 된다.

"신이라 자칭하는 것치고는 꽤나 예의 바르군요."

그러므로 로렌은 그렇게 운을 떼었다.

"어머, 호호호. 우리는 우리 자신을 신이라 칭한 적 없어요. 그저 신탁을 받은 이들이 멋대로 착각하고 있는 것뿐이죠."

루시아 대공, 아니, 아마도 그녀 안에 들어 있는 '그분들' 중 하나는 인간 처녀처럼 밝게 웃었다.

"물론 군이 신탁이라는 단어를 써서 일부러 착각을 유발시키기는 하지만, 그건 그러는 편이 서로 더 편하기 때문이에요."

아니, 뱀처럼 웃었다.

"그럼 저는 당신들을 뭐라고 부르면 되나요?"

"정해진 이름 같은 건 없어요. 우리는 우리의 모임을 의회라고 부르고 있긴 하지만요."

의회. 로렌은 그 단어를 입안에서 잠시 굴려보았다.

"그럼 전 당신을 의원이라고 부르면 되겠군요."

"나쁘지 않군요. 하지만 전 루시아에게 절 예카테리나라고 부르도록 하고 있죠. 당신도 절 그렇게 부르면 돼요."

예카테리나는 로렌의 반응이 흥미롭다는 듯 눈동자를 빛냈다. 로렌은 그녀의 반응 뒤에 숨겨진 의미를 파악하려 노력하지 않고, 다음 질문을 계속 던졌다.

"그럼 예카테리나, 당신은 매파 의원인가요? 비둘기파 의원인가요?"

"의회가 단 두 개의 파벌로 나뉜 건 아니지만, 그 분류에 굳이 따르자면 비둘기파라 할 수 있겠네요."

예카테리나는 후훗, 하고 한 번 웃었다. 로렌의 말이 재미있었던 모양이다.

"이미 루시아에게 들으셨겠지만, 이번 사안에서는 당신이 완전히 승리했어요. 매파 의원들은 모든 명분을 소진해 버렸고, 저희 파벌의 지지도가 오른 상황에서 당신이 저희의 목적을 이뤄줘서 힘을 더욱 실어줬죠. 감사의 말씀을 올리지 않을 수가 없네요."

의회에 이어서 명분, 지지도 같은 단어까지 나왔다. 로렌으로서도 흥미롭지 않을 도리가 없었다. 로렌은 잠자코 예카테리나의 이어질 말을 기다렸다.

"이제 의회에서는 당신에게 '바람'은 쓰지 않을 거예요. 적어도 저희가 집권하고 있는 동안은 '태양'을 쓰게 될 겁니다."

'이솝우화?'

바람, 태양. 그 의미심장한 두 단어에서 로렌은 바로 이솝우화를 떠올렸다.

이 세계에는 태양과 바람과 여행자의 옷을 이용한 우화 같은 건 없다. 그런 의미에서 예카테리나의 비유는 흥미로운 점이 있었다.

이솝우화는 지구의 이야기다.

그렇다고 로렌은 바로 태도를 무너뜨리지는 않았다. 예카테리나는 로렌이 지구를 거쳐 왔음을 모를지도 모른다. 알지도 모르지만, 모든 게 확실해지기 전까지는 스스로 자신의 비밀을 먼저 털어놓을 생각 따위는 없었다.

"그런데 왜 이런 이야기를 루시아 대공의 몸을 빌려서 하는 거죠? 그냥 저한테 신탁을 주셨으면 훨씬 빠르게 끝날 이야기 아니었나요?"

그러므로 로렌은 에카테리나의 비유를 알아들은 척도, 못 알아들은 척도 하지 않고 바로 다음 화제로 넘어갔다.

"그 이유는 간단해요. 당신에게는 신탁을 내릴 수 없었거든요."

에카테리나는 고혹적으로 웃었다. 그 웃는 표정이 루시아 대공의 표정과 완전히 같아서, 로렌은 정말로 루시아 대공이 연기 중인 게 아닐까 다시 한 번 의심해 볼 정도였다.

"지금 생의 당신으로서는 조금 억울할지도 모를 이야기인데, 당신이 아닌 '지난 당신'이 받은 축복이 인간이 받을 수 있는 축복의 한계점을 돌파했기 때문이에요."

"…'지난 나'요?"

로렌은 놀라움을 감추지 못하고 되물었다. 아니, 정확히는 놀라움을 감추지 않았다. 놀랄 만한 이야기가 맞지만, 동시에 놀람으로써 감출 수 있는 게 있기 때문이었다.

에카테리나와 '의회'는 로렌의 무엇까지 알고 있는 것일까? 다 알고 있을지도 모르지만, 그렇다고 로렌은 본인 입으로 모든 걸 밝힐 생각은 애초에 없었다. 먼저 상대가 어디까지 아는지를 알아내는 게 우선이라고 생각했다.

"흔히 전생이라고 하죠. 흐음… 어디부터 설명하는 게 좋을지……."

전생이라는 개념 또한 이 세계에는 없다.

전생이라는 단어부터 설명하려는 예카테리나의 태도에, 로렌은 '그분들'이 자신에 대해 전부 다 알고 있지는 않다는 것을 알아내었다. 로렌이 지구를 거쳐 이 세계로 돌아왔다는 것을 안다면 전생이라는 단어를 설명하려 들 리 없으니까.

더불어 로렌이 로렌 하트으로서의 기억을 갖고 있다는 것 또한 들키지는 않은 것 같았다.

'이건 아직 확실하지 않지만.'

어쨌든 속단은 금물이다. 그렇게 결론을 내린 로렌은 잠자코 예카테리나의 설명을 들었다.

"이해 못 하겠으면 그냥 넘어가요. 어쨌든 전생의 당신은 이미 커다란 축복을 받았어요. 인과율이 뒤틀릴 정도의 거대한 축복이었죠. 당신을 맡은 '의원'이 무슨 생각이었는지 모르겠지만, 당신으로 인해 세계의 운명이 바뀌었을 정도였어요."

"세계의 운명이… 말입니까?"

찔리는 구석이 있었다. 예카테리나가 말하는 '전생'이 로렌 하트인지, 김진우인지는 모른다.

하지만 만약 김진우가 지구의 운명을 바꾼 거라면?

원래대로라면 멸망하지 않아도 되었을 지구 인류의 운명이 김진우에 의해 뒤틀린 거라면?

"너무 그렇게 심각하게 생각하지 않아도 돼요."

예카테리나는 미안하다는 듯 말했다. 그녀의 반응에 로렌은 표정 관리에 실패했다는 걸 뒤늦게 알아채고 속으로 아차 했다.

"표정이 너무 심각하네요. 당신 때문에 세계가 멸망했다거나 하지는 않았어요. 그 정도로 큰 뒤틀림도 아니었고."

"…그건 다행이네요."

로렌은 간신히 평정을 되찾는 데 성공했다.

"이런 이야기를 하자고 강림한 건 아니었는데. 어쨌든 저희 파벌은 당신에게 감사하고 있어요. 원래대로라면 당신에게 신탁을 내려 축복을 주는 방식으로 감사를 표해야 하겠지만, 아까 말한 이유로 그건 불가능해서 이런 방식을 취하게 되었어요."

"그런 말씀을 들으니 확실히 축복을 받지 못한다는 건 좀 억울하게 느껴지는군요."

"대신이라고 하기는 좀 뭣하지만, 당신에 대한 정보 공개 레벨을 크게 높이고 저희 파벌이 당신을 확고하게 지지한다는 걸 표명했어요. 당신이 인류에 대해 지나치게 적대적인 행동을 취하지 않는 한, 더 이상의 개입은 없을 거란 걸 확실히 해두도록 하죠."

인류에 대해?

로렌은 그제야 당연히 가져야 할 의문을 입에 올렸다.

"당신들 의회는 대체 정체가 뭡니까?"

이제까지는 그저 몇 개 되지 않는 단서를 가지고 추측하는 것으로 끝냈을 의문을 직접 입에 올릴 수 있었던 건, 이 질문을 함으로써 에카테리나와 '의회'가 적대적이 되지 않으리라는 확신이 섰기 때문이었다.

"지금의 당신에게는 그 질문의 대답을 들을 권리가 있죠."

로렌의 생각대로, 에카테리나는 미소 지었다.

"저희는 인류 의회. 인류의 공익을 위해 만들어진 의회입니다."

본래 이 세계는 신에 의해 창조되어 신에 의해 지배받는 세계였다.

그 태초의 시대를 신의 연대라 부른다.

모든 신은 하늘 위에 살면서 땅에는 자신의 피조물을 만들어 퍼뜨렸는데, 그것이 인류였다. 인류는 지상에서 끊임없는 전쟁을 벌였다. 그 목적은 오로지 신의 유희를 위한 것이었다.

"말하자면 인류는 신의 노리개였던 셈이죠."

에카테리나는 자조적으로 말했다.

각 신은 자신의 피조물을 승리시키기 위해 특이한 능력을 부여하거나 육체적 특질을 바꿔 버리거나 했다. 본질적으로는 같았던 인류가 엘프나 드워프 등으로 분화된 것이 이 시기의 일이라고 한다.

"저희가 신탁을 수행한 이들에게 내리는 축복도 이 시스템을 이용한 거예요."

"그러면서도 신이 아니라고?"

"아닌 건 아닌 거죠."

인류 의회는 신들의 유희로 희생된 인류의 영혼이 10억을 넘겼을 때 만들어졌다고 한다. 환생 같은 시스템도 없던 시절의 일이었다.

"신들은 죽은 우리를 '엔트로피'라고 불렀어요. 자기들이 재활용할 능력이 없었던 것뿐이면서, 우릴 재생 불가능한 폐기물 취급을 한 셈이죠."

죽은 자들을 위한 공간이 마련되지 않았던 시대. 죽은 자들은 스스로 자신이 있을 곳을 만들어내지 않으면 안 됐다. 그 수가 적었을 때는 차원의 압력에 찌부러져 아무런 이성도 사유도 갖지 못한 단순한 에너지체에 불과했다고 한다.

"하지만 우리의 수가 10억을 넘겼을 때, 우리는 비로소 의미를 갖게 되었어요. 이 세계와 겹쳐진 또 하나의 계(界)를 만들고, 현실 세계에 영향력을 행사할 수 있게 된 거죠."

죽은 자들의 의회. 에카테리나는 자신이 속한 의회를 다소 자조적인 말투로 그렇게 평했다.

"그 힘으로 신들을 죽인 건가요?"

"아뇨, 10억의 영혼이 모여도 신을 죽일 수는 없었어요. 그저 신들을 이 세계에서 쫓아낼 수 있었던 것뿐이죠. 그것도 저희들만의 힘으로는 무리였어요."

"…드래곤들의 힘이라도 빌린 겁니까?"

"감이 좋으시군요. 아니, 역사를 공부하신 건가요?"

신의 연대가 끝나고 찾아온 시대의 이름을 떠올리면 자연스럽게 이르게 되는 결론이었다.

"당시의 신들은 물질계에 육신을 갖고 있었죠. 실체가 없어 물질계에 간섭할 수 없는 저희로선 생명력이 가득한 그 육신을 해칠 방법이 없었고요. 그래서 당시에 가장 강력했던 생물인 드래곤에게 이성과 능력을 부여하고 신들을 죽여달라고 부탁했어요."

"드래곤들이 부탁을 한다고 들을 것 같진 않은데."

"네, 정확히는 부탁이 아니라 신탁이었죠. 대가가 있는."

예카테리나는 로렌의 지적을 간단히 인정했다.

"저희의 신탁을 받은 드래곤들이 신의 목숨을 끊고, 초월차원에 존재하는 신과 이 세계의 연결 고리는 저희가 끊어냈어요. 그럼으로써 이 세계는 신의 지배에서 벗어날 수 있었고, 영원한 전쟁은 비로소 종언을 맞이했죠."

"인류를 구했군요."

"아뇨, 그것만으로는 부족했어요."

로렌의 감탄에 예카테리나는 고개를 저었다.

"드래곤들은 신들보다는 나았지만, 그들 또한 폭군인 건 변함없었어요."

"그래서 인류에게 신탁과 축복을 내려 드래곤들을 처치한 거로군요."

"설명할 필요가 없으니 좋군요."

"그렇게 드래곤들은 역사에서 퇴장하고, 인류 연대가 도래했고요."

"맞아요."

로렌은 예카테리나의 이야기가 진실인지에 대해 고찰했다. 하는 말은 로렌이 알고 있는 사실들과 일치했으나, 거짓일 가능성 또한 충분했다. 생각해야 할 것은 이들이 거짓말을 해서 얻는 게 무엇인지에 대해서였다.

"그럼 엘리시온 왕국을 친 건?"

"그건 저희가 개입한 결과가 아니었어요. 개입한 건 도리어 그 뒤의 일이었죠. 사실 인류 연대에 들어온 이후에 저희는 모든 걸 이뤘다고 생각하고 의회를 해체하려고도 했어요."

"해체하지 않은 이유가 궁금하네요."

"인류간의 불화가 파국으로 이어질 수 있다는 의견이 대두되었거든요."

엘리시온 왕국의 멸망은 인류 의회에 큰 화두를 던져주었다고 한다.

단일 종족으로 이뤄진 왕국이 세워지고 주변에 거대한 영향력을 행사하다가 반감을 사 무너지는 일련의 과정은 어찌 보면 자연스럽다고 할 수 있는 것이었다.

진짜 문제는 전쟁에서 승리한 엘프 외 인류가 엘프를 아예 멸종시키려고 시도했다는 것이었다. 여타 종족들이 그전까지 쌓아온 엘프에 대한 증오는 보통의 것이 아니었다.

그러한 여론에는 어느 정도는 엘프들이 자처한 면도 없지는 않았으나, 그렇다고 그게 아예 이 세상에서 지워질 정도의 잘못은 아니었다.

인류 의회에 적지 않은 지분을 지닌 엘프 출신 의원들이 즉각 개입을 요청했고, 긴 토론 끝에 개입이 결정되었다.

"사실 단시간에 너무 많은 엘프가 죽게 되면 의회의 균형이 무너지기 때문에 어쩔 수 없이 타협한 면도 없지는 않다고 말씀드려야 할 것 같군요. 의회가 다수결만으로 돌아가는 건 아니지만, 어쨌든 숫자는 힘이니까요."

예카테리나는 솔직하게 이야기했다.

"시스템의 확립으로 환생 등의 순환이 이뤄지고는 있지만, 여전히 '엔트로피'는 발생하고 있어요. 모든 영혼이 다 환생하는 것은 아니고, 그렇다고 모든 영혼이 다 소멸하는 것도 아니죠. 그 일부만이 의회에 참여한다고 해도 지나치게 많은 죽음이 발생하면 문제가 발생한답니다."

너무 많은 엘프의 죽음으로 인류 의회에 엘프 의원들이 갑자기 늘어나 버리면 어느 정도 균형이 맞았던 의회의 파벌 구조가 무너질 우려가 있었다고 한다.

"종족 단위의 파벌도 있는 모양이로군요?"

"없을 수가 없죠. 처음에는 없었지만… 아니, 처음에는 아예 파벌이라는 것 자체가 없었군요."

신이라는 대적자가 있었던 시절에야 모두들 힘을 합쳐서 싸웠지만, 여유가 생긴 지금 시점에 이르러서는 각자의 이해타산에 의해 이합집산을 거듭한다고 에카테리나는 통탄했다.

"당신과 라핀젤 자작을 견제하려고 한 것도 당신들을 이대로 그냥 두면 인간 종족이 멸망할 거라며 인간 파벌이 폭주한 결과물이죠."

인간은 다른 종족과 달리 아무것도 뛰어난 점이 없기 때문에 일종의 중립 세력 취급을 받았다고 한다. 엘리시온 왕국 멸망 후 귀족 작위나 왕위를 인간들이 차지한 이유도 이것이었다. 인간이라면 수명도 짧고 힘도 없으니 큰 문제가 안 될 것이라는 논리였다.

더 정확히는 서로를 적대시하는 각 종족 파벌이 견제와 암투를 거듭한 나머지 인간 종족 파벌이 어부지리를 얻은 셈이지만, 어쨌든 예카테리나는 이렇게 말했다.

"인간 파벌이 매파였군요."

지금은 인간인 로렌은 씁쓸하게 웃었다. 몇천 년 전, 몇만 년 전에 죽은 동족들이 그의 앞을 막아선 셈이 된 거다.

"그럼 예카테리나, 당신은?"

"저도 인간 출신이었긴 했지만, 조금 달라요. 저는 이 세계의 인간이 아니었어요."

그건 의외의 발언이었다.

"…네?"

"저는 당신이 모르는 세계에서 왔어요. 낡은 차원이자, 신들의 고향이라 불린 세계예요. 말씀드려도 모르시겠지만, 그들 인류는 자신들의 세계를 땅구슬이라 불렀어요."

땅구슬.

한자로 표현하면 지구다.

'아니, 섣부른 판단은 금물이지.'

우연의 일치일 수도 있었다.

'하지만 이 여자, 방금 전에 이솝우화의 예를 들었지.'

바람이니 태양이니, 아무렇지도 않게 말했다.

"인류 의회가 담당하는 세계는 이 세계뿐만이 아니에요. 제 고향 세계에도 인류 의회의 입김이 닿죠. 이 세계가 신으로부터 해방되면서 더 이상 새로운 영혼이 만들어지지 않게 되었는데, 간혹 영혼으로 넘쳐나는 다른 세계의 영혼이 이쪽 세계로 흘러들어 오기도 해요."

로렌의 내심을 아는지 모르는지, 예카테리나는 수다에 굶주리기라도 한 듯 계속해서 떠들고 있었다.

"특히 제가 있던 세계에선 세계대전이라고 엄청 큰 전쟁이 두 번이나 일어나서 사람이 엄청나게 죽어나갔는데, 그때 그 세계의 영계가 포화 상태가 되어 넘쳐나는 바람에 이쪽으로 오게 된 영혼이 많아요. 뭐, 전 그 시대 전에 이쪽으로 오게 된 사례이긴 하지만요."

세계대전. 두 번.

'정신을 못 차리겠군.'

로렌은 고개를 저었다.

'혹시 나를 떠보는 건가?'

가능성은 있었다.

"재미없는 이야기를 해서 미안해요. 당신이랑은 상관없는 이야기였군요."

예카테리나가 로렌의 눈치를 보며 말했다.

"애초에 정보를 드리기로 한 건데, 제가 하고 싶었던 이야기만 잔뜩 했군요. 혹시 질문 같은 거 없나요?"

여기서 지구에 대해 물어본다고 하는 선택지는 없었다. 지구 출신이라고 광고할 것도 아니고, 지나치게 노골적인 질문이다.

“제가 전생에 받았다던 축복은 대체 뭡니까?”

로렌은 일부러 다른 질문을 먼저 했다. 궁금했던 이야기이기도 했다.

“종족 변화, 기억 조작, 능력 강화. 이렇게 세 개군요.”

“종족 변화요?”

의외의 말에 로렌의 목소리가 약간 뒤집어졌다.

“네. 인간에서 엘프로요. 이러는 사람 꽤 많아요. 엘프는 쉽게 늙지 않는 데다, 인간보다 수명이 더 기니까요. 하긴 누군들 빨리 죽고 싶겠어요?”

예카테리나는 농담이라도 하듯 가벼운 어투로 말했다.

“기억 조작은 자신이 처음부터 엘프로 태어났던 것처럼 해달라고 하셨네요. 신탁에 대한 기억을 지우는 것도 포함되어 있고요. 능력 강화는 마법이로군요. 예상은 했어요. 하지만 이 중에 지금 생까지 이어져 내려온 축복은 마법 능력 강화뿐이로군요. 좀 억울하시겠어요.”

*　　　*　　　*

‘냉정해지자.’

이런 생각을 하는 것 자체가 냉정을 잃었다는 방증이라는 걸 자각하고 있으면서도, 로렌은 냉정을 되찾으려 애썼다.

'하지만 이러면 앞뒤는 맞아드는군.'

전생 회귀 주문을 사용했는데 왜 인간으로 회귀했는지에 대한 수수께끼가 밝혀졌다. 신탁과 추복을 받기 전의 시대까지 시간을 거슬러 올라갔기에 인간으로 회귀하게 된 것이다. 그 이유를 왜 로렌 하트 본인이 기억하고 있지 못한지도 밝혀졌고.

'흐으음.'

다소 입맛이 썼다. 로렌 하트로서 대마법사가 될 수 있었던 이유가 마법 적성이 더 높은 엘프로 종족을 바꾸고 축복을 통해 능력 강화마저 받았기 때문이라니. 자신의 힘으로 이룬 결과가 아니라는 걸 받아들이기는 쉽지 않았다.

더군다나 마법 능력 강화는 이번 생에까지 이어졌다고 한다.

'하긴 안 그러면 인간의 몸으로 대마법사가 될 수조차 없었겠지.'

믿지 않기엔 지나치게 논리적이다. 별로 믿고 싶지 않은 진실이기에 오히려 믿지 않는 게 더욱 꺼려지기도 했다.

'달면 삼키고 쓰면 뱉는다니, 어린애 짓이지.'

로렌은 간신히 정신을 차렸다.

"괜찮으신가요? 전생 이야기가 나오면 보통 혼란스러워하더라고요. 하긴 기억이 없는 입장에서 받아들이기 쉽지는 않겠죠."

예카테리나가 위로했다. 그녀의 그런 말을 듣고 나니 오히려 더욱 당황한 연기를 해야 하는 게 아닐까 잠깐 생각했다. 실제로 그러지는 않았지만 말이다.

"아뇨, 이제 괜찮습니다."

로렌은 반대로 괜찮은 척했다. 실제로는 괜찮지 않았기 때문에 그 연기는 더욱 실감났다.

"그럼 혹시 제가 어떤 신탁을 수행했는지도 알 수 있을까요?"

로렌의 질문에 예카테리나는 곤란한 듯 입술을 오므리며 말했다.

"그건… 안 되겠네요. 한 수준 더 높은 정보 공개 레벨이 필요해요."

"그렇군요. 아쉽습니다."

별로 집착하는 것처럼 보이지 않는 로렌의 반응에 예카테리나는 혀를 살짝 내밀며 웃었다.

"사실 저도 몰라요. 저도 그 레벨이 안 되거든요."

"의원이신데요?"

"일개 의원일 뿐이지요."

예카테리나가 겸손을 떠는 것처럼은 보이지 않았다. 그렇다고 자기 비하를 하는 것도 아니었다. 그녀의 반응만 보자면, 그냥 말 그대로 의원이라는 직분이 그리 높지도 낮지도 않다고 받아들이는 게 맞을 것 같았다.

'다소 곤란한걸.'

예카테리나가 최고 계급이 아니라면, 그녀보다 높은 계급의 존재가 인류 의회에 있다는 소리도 된다. 그리고 그 존재는 예카테리나보다 많은 것을 알고 있을 수도 있다.

예를 들어서 로렌이 어떤 신탁을 받아 수행했는지에 대한 정보라든가.

로렌 본인이야 알 수 없는 일이지만, 아마도 그 신탁 수행은 지금보다 '미래'의 일일 가능성이 높았다. 로렌이 대마법사가 되는 건 지금으로부터 100년 후의 일이고, 15세의 로렌하트는 아직 고향 마을에 있었으니까.

루시아 대공의 증언에 따르면, 그리고 예카테리나의 말에 의하면 로렌 하트가 조작하기로 한 기억은 신탁과 축복에 관한 것뿐일 터였다. 소년기에 고향에 머무른다는 기억까지 조작할 이유가 없었다.

그러니 로렌 하트의 신탁과 축복에 관한 정보를 열람할 수 있는 존재는 금방 눈치챌 것이다.

'시간 열이 맞지 않지.'

전생이 미래라니, 이것보다 이상한 일이 있겠는가? 금방 위화감을 느낄 것이다.

'하긴 뭐, 그렇다고 내가 곤란할 것까진 없나.'

이게 문제가 되었다면 진작 조치를 취했을 것이다. 하지만 예카테리나는 이제 더 이상 로렌과 라핀젤에 대해 인류 의회가 개입하는 일은 없을 것이라 말했다. 그렇다면 문제 따위는 없었다.

"다른 질문 없으세요?"

예카테리나가 불편한 분위기를 참지 못한 듯 화제를 바꾸겠다는 의지가 명확히 드러나 보이는 질문을 던져왔다. 그녀의 그런 태도가 좋은 기회라 여긴 로렌은 묵혀두었던 질문을 던져보기로 했다.

"그, 예카테리나 의원님의 고향이라는 땅구슬이라는 곳에 대해서 더 말씀해 주시겠습니까? 저도 마법사 나부랭이다 보니 신경이 쓰이는군요. 이 세계 말고도 다른 세계가 존재하고, 그 세계에도 인류가 있다는 것이요."

처음부터 지구에 대해 묻는 건 좋지 않지만, 이런 식으로 곁가지 취급이라면 슬쩍 질문해 봐도 괜찮을 것이라는 판단하에 던진 질문이었다.

그런데 예카테리나는 로렌의 질문을 듣더니 곤혹스러운 듯 반응했다.

"뭐부터 말씀드려야 할지 모르겠군요."

"뭐든 좋습니다."

"그 반응이 제일 곤란한데 말이죠."

고민하던 예카테리나는 마음을 정한 듯 이야기를 시작했다.

"땅구슬이라고 말하긴 했지만, 정말로 구슬 크기인 건 아니에요. 엄청나게 커서, 한 바퀴를 도는 데 80일이 걸린다고 하던 때도 있었죠. 물론 걸어서는 절대 무리고, 배 같은 걸 타서요. 아, 그리고 바다가 넓어요. 땅보다 바다가 넓죠. 그런도 왜 땅구슬이라고 했는지는 저한테 묻지는 마세요."

망설이던 것에 비하면 이야기를 시작한 예카테리나의 표정에는 생기가 가득했다. 줄곧 누군가와 이 화제로 이야기를 하고 싶었다는 눈치였다.

"그리고… 인간 외에 다른 종족은 존재하지 않아요. 있었던 적도 있다는 것 같지만 저는 모르는 일이에요. 수만 년 전의 일이라고 하더군요."

네안데르탈인. 에렉투스인. 로렌의 종족인 호모 사피엔스 사피엔스가 지구의 주인이 되기까지는 다른 종족과의 투쟁과 화합이 있었다고 고고학자들은 말한다. 예카테리나가 이에 대해 잘 아는 것 같지는 않았지만, 아마도 이 이야기를 하는 것이리라.

지금 하는 이야기가 지구에 대한 이야기가 맞는다면 말

이다.

'아닐 수도 있지.'

그렇다고 로렌이 김진우로서 얻은 그 지식들을 내보이며 이게 맞느냐고 물을 수는 없었다. 반대로 로렌은 아무것도 모르는 것처럼 이렇게 말했다.

"그럼 종족끼리 다투거나 하는 일은 없겠군요."

"똑같은 인간인데 거기서만 안 그럴 리가 없잖아요. 종족 대신 피부색, 종교, 국가 따위로 편을 갈라 싸웠죠."

이야기를 들을수록 로렌이 아는 지구와 판박이였다. 그럼에도 로렌은 성급해하지 않고 잠자코 예카테리나의 이야기를 계속 들었다.

"두 차례의 큰 세계대전을 치르고, 뭔가 엄청난 폭탄 같은 걸 개발한 후에는 그 정도로 큰 전쟁은 일어나지 않고 있어요. 인류 의회 입장에서도 다행한 일이죠. 땅구슬 출신의 의원이 지나치게 늘어나면 또 의회의 균형이 무너질 테니까요."

"엄청난 폭탄요?"

로렌은 눈을 깜박이며 되물었다. 짚이는 바가 있었다.

"역시 마법사라 그런지 폭발에 반응하시는군요. 핵폭탄이라고 하는데, 설명해 드려도 잘 모르실 거예요. 이렇게 말하는 저도 사실 잘 몰라요. 제가 그 시대를 살아봤던 건 아니라. 땅구슬에서 온 제 후배들이 해준 이야기를 듣고 이야기를 해드리는 거예요.”

2차 세계대전. 핵폭탄.

‘역시 지구 맞는 것 같은데.’

이쯤 되면 슬슬 확신을 해도 될 것 같았다.

“환생에 대해 말씀하셨습니다만, 혹시 이 세계의 죽은 자가 다른 세계… 예를 들어 땅구슬로 간다거나 하는 일도 있습니까?”

“전혀 없는 일은 아니라고 할 수 있겠군요. 자연적으로는 거의 일어나지 않는 일이지만, 축복을 통하는 등의 인위적인 방법으로 다른 세계에서 환생하는 일은 간혹 일어난다고 해요.”

로렌은 자신이 바로 그 방법을 통해 지구로 가게 된 거라고 직감적으로 확신했다. 신탁과 축복에 대한 기억은 조작되고 삭제되어 애매하지만, 로렌 하트가 죽기 직전에 뭔가를 했다는 것만은 기억하고 있었다. 그게 아마 신탁의 수행일 터였다.

“혹시 사후에 땅구슬로의 환생을 원하신다면 저희 파벌이 도와드릴 수 있을 거예요.”

예카테리나가 결정적인 한마디를 더 했다. 로렌은 더욱 확실히 하기 위해 질문을 던졌다.

“저는 더 이상 신탁이나 축복을 못 받는 거 아니었습니까?”

"축복을 더하는 것이 무리인 거죠. 사후의 거취 문제는 또 다른 영역이니까요. 인류 의회에 참여하시겠다면 아마 제 권한으로는 힘들 거고, 별도의 심사를 거쳐야 할 테지만 환생할 차원을 고르는 것 정도는 제 선에서 처리할 수 있을 거예요."

가벼운 어투로 말하고 있지만, 예카테리나의 시선에서는 숨길 수 없는 열망이 드러나 있었다. 예카테리나는 로렌을 지구로 보내고 싶어 한다.

하지만 왜?

'지구에의 영향력을 원하는 것일까?'

로렌은 쉽게 결론을 내리지 않기로 했다. 예카테리나의 속내를 떠보는 것도 한 가지 방법이겠지만, 지금 당장은 우호적인 태도를 보여주는 그녀의 경계심을 사는 건 그리 똑똑하지 못한 짓이리라.

"생각해 보죠."

"천천히 생각해 보세요. 돌아가실 날이 그리 가까워 보이지는 않으니까요."

예카테리나는 생긋 웃었다. 살아 있는 이의 입장으로서 듣기에 그리 기꺼운 말이라고는 할 수 없었다.

"또 다른 질문 없으세요?"

로렌은 잠시 생각하다가, 이번엔 별로 중요하지 않은 걸 물어보기로 했다.

'땅구슬'에 대한 질문을 그냥 흥미 본위에서 꺼낸 거라고 어필하려면 정말로 흥미 본위의 질문을 하나 던지는 편이 나을 거라고 판단했기 때문이었다. 나무를 숨기려면 숲에. 고전적이지만 그만큼 잘 먹히는 수법이다.

"리처드 남작에 대해서 말입니다만."

이 질문은 정말로 별로 중요하지도 않은 질문이었지만, 정말로 흥미로운 질문이기도 했다.

"그는 축복받은 자입니까?"

"아뇨."

그런데 로렌이 생각했던 것과 달리, 예카테리나는 표정을 굳히며 지체 없이 대답했다.

"그는 축복받은 자가 아닙니다."

예카테리나의 딱딱한 목소리는 로렌을 더욱 흥미롭게 만들었다.

"그럼… 뭐죠?"

"저도 몰라요."

모르는 것치고는 지나치게 예민한 반응이라, 로렌은 예카테리나의 눈을 주시했다. 그러자 예카테리나는 한숨을 살짝 섞으며 이렇게 털어놓았다.

"알고 계실지 모르지만 그는 순수한 인간이 아닙니다. 오크의 피가 섞였죠. 비록 쿼터이긴 합니다만."

그것은 리처드 남작의 가장 민감한 비밀이었다. 물론 로렌은 미리 알고 있었던 사실이긴 했지만 말이다.

"매파 의원들이 다르키아 왕국을 멸망시키려고 획책한 건 오로지 라핀젤 때문만은 아니었어요. 리처드 탓도 있었죠. 아니, 오히려 리처드 남작을 주적으로 삼았다고 봐도 무방합니다."

그러고 보니 리처드 남작도 영주였다. 하도 전장을 나돌아 다니느라 별로 그런 인상은 남지 않았지만 말이다. 그리고 인류 의회의 매파 의원들은 그 쿼터 오크인 리처드 남작이 영주 직에 머물러 있는 것조차 용납하기 싫었던 모양이었다.

'아.'

로렌은 불현듯 지난 생의 기억을 떠올렸다.

로렌 하트의 생애에서 발레리에 대공은 리처드 남작을 파멸시키기 위해 온갖 공작과 술수를 동원했다. 종국엔 직접 그 숨통을 끊기 위해 군사까지 일으켰었고 말이다.

비록 방심으로 인해 발레리에 대공 본인이 살해당하고 마는 결말에 이르긴 했지만, 리처드 남작 또한 그 자리에서 살해당했다.

그리고 로렌은 루시아 대공에게서 발레리에 대공이 무자각자이긴 했지만 신탁을 받은 축복받은 자였다고 증언한 내용

또한 떠올렸다.

'앞뒤가 맞는군.'

지난 생의 발레리에 대공이 라핀젤을 죽음으로 몰아넣고 리처드 남작을 죽인 건 인류 의회가 그러도록 획책했기 때문이다. 그렇게 생각하면 발레리에 대공의 행동 원리를 이해할 수 있게 된다.

'아니지.'

로렌은 순간적으로 생각했지만, 곧 고개를 저었다.

"아니, 그럼 그 인간은 축복도 안 받고 그렇게 강해진 겁니까?"

앞뒤가 맞기는, 절대 안 맞는다. 리처드 남작의 앞뒤가 맞지 않는 강함이었고 설명할 수 없는 강함이었다. 축복이라는 원인이라도 있어야 비로소 앞뒤가 맞을 법한 강함이었다.

"네."

예카테리나는 한없이 진지하게, 단호히 대답했다. 로렌이 남겨두었던 일말의 희망조차 여지없이 꺾어버리는 대답이었다.

"돌연변이라 생각하셔도 무방합니다."

"…그, 렇군요."

말하자면 리처드 남작은 진짜 괴물이란 소리다.

'불합리해!'

세상만사가 전부 합리적으로, 앞뒤에 맞게 돌아가리란 법은 없다. 그런데 그게 하필이면 리처드 남작이라니.

흥미 본위의 질문을 한다는 게, 뭔가 안 듣는 게 더 나은 답을 들은 모양새가 되고 말았다.

"이제 다른 이야기 하죠."

예카테리나도 더 이상 리처드 남작에 대해서는 이야기하고 싶지 않은지, 로렌에게 그렇게 제의해 왔다.

예카테리나의 그 제의에 로렌은 말없이 고개를 끄덕였다.

*　　　*　　　*

"다음에 또 혹시나 죽기 전에 거취 문제를 상담하고 싶으시다거나 할 때 루시아를 찾아와 주세요. 아마 극단적인 상황이 발동하기 전까지는 얼마든지 시간을 낼 테니까요."

예카테리나와의 대화를 어느 정도 마무리한 후, 로렌은 결론을 간결하게 내렸다.

'뭐가 어찌 됐든 이번 생애를 마친 후 다음 생애에 지구로는 거의 확실히 갈 수 있다.'

죽음을 맞이한 후 그대로 소멸해 버리는 영혼도 적지는 않지만, 로렌은 그런 케이스에 속하지 않을 거라는 예카테리나의 확답을 얻었다. 어쩌다 그런 운명에 빠지더라도, 인류 의회에서 그냥 두지는 않을 것이라고 한다.

그러니 로렌 본인의 의지가 꺾이지 않는 한, 예카테리나의 인도를 받아 지구로 향하는 것은 확정적이라 봐도 될 터였다.

'아마 로렌 하트도 예카테리나의 설득을 받아 지구로 간 것일 가능성이 적진 않군.'

예카테리나는 로렌에게 지구에 대한 홍보를 적극적으로 했다. 섣부른 확신일 수는 있겠지만, 로렌 하트에게도 같은 태도를 취했을 가능성이 적지는 않았다.

어째서 그렇게 열심히 지구에 대해 알려주는지 그 이유는 예카테리나도 말해주지 않았다. 로렌도 굳이 묻지는 않았다. 그거야말로 죽은 뒤에 알아도 문제없을 이야기였다.

설령 예카테리나에게 어떤 음험한 꿍꿍이속이 있다 한들, 로렌은 사후에 지구로 갈 생각을 이미 굳혔다. 누가 이득을 보고 손해를 보든 로렌과는 관계없는 이야기였다.

55장
더 강해지기 위해

'지구로 환생할 수단을 얻었으니, 이제 그 준비를 하는 것만 남았군.'

예카테리나와의 대화는 인상적이다 못해 충격적이었으나, 로렌의 행동 사상을 더욱 확고하고 심플하게 만들어줬다는 점에서 나쁘지는 않았다.

'더 많은 능력을 얻고, 더 효율적으로 증강시킬 방법을 찾는다.'

그럼으로써 다음 생애에 지구 인류의 파멸을 막아낼 수 있는 능력을 손에 넣는다. 그것이 로렌이, 김진우가 전생 회귀의 주문을 외운 이유였다.

'마법에 대한 강화 능력은 다음 생애에도 이어진다는 확답을 받았지.'

별의 영역에 이른 후, 마법 능력의 성장은 지지부진했다. 애초에 마법이라는 능력에는 한계가 명확했고, 김진우는 마법만으로는 지구를 구할 수 없다는 결론을 이미 냈다. 그렇다고 마법을 포기할 생각은 없으나, 지금 당장은 육체의 성장을 기다리는 것이 좋을 법했다.

로렌이야 억지나 다름없는 방법으로 별의 영역에 올랐으나, 다음 생애의 지구인일 그에게도 같은 방법을 강요할 수는 없었다. 마침 로렌의 스승이자 제자인 레원이 '마법의 정석'을 집필 중이니, 그 책의 탈고를 기다리는 것도 방법이었다.

'마력의 증강 자체는 마법만 배운다고 되는 일도 아니고 말이지.'

기사도뿐만 아니라, 각인기예의 수준 높은 배움에서도 많은 마력을 추출할 수 있음을 로렌은 이미 깨달았다. 마법으로 강해지려면 마법에만 매달려서는 안 된다.

마법 다음은 기사도다.

'가능하면 승화의 경지에 오르고 싶긴 한데.'

쉬운 일은 아닐 터였다. 로렌의 스승인 바투르크조차 두 번째 탈각의 경지에 오르는 데 그렇게 고생을 했다. 괴물이나 다름없는 리처드 남작은 세 번째 탈각의 경지를 거쳐서야 겨우 승화의 경지에 올랐다고 하고 말이다.

그렇다면 로렌이 승화의 경지에 오르기 위해 투자해야 하는 시간과 집중력은 대체 얼마나 될까? 아마 몇 년 정도로는 턱도 없을 것이다.

'지나치게 기사도에만 매달리는 것도 본말전도지.'

결국 로렌은 그런 결론에 이르렀다. 바투르크가 더 좋은 방법을 찾아낼지도 모르고 말이다. 기사도에만 모든 것을 걸고 매달리는 이들에게 맡기는 것이 훨씬 효율적이다.

'각인기예 자체는 탈란델에게 맡겨야지.'

로렌은 지금 금강의 격과 천수의 격을 손에 넣었고, 진관의 격을 배울 차례였다. 하지만 로렌은 그 차례를 조금 뒤로 미루기로 했다. 진관의 격은 전투력에 직접적인 영향을 끼치는 상격이 아닌 데다, 탈란델이 앞으로 바빠질 터였기 때문이다.

전쟁이 끝났으므로 란체 드워프 용병들과의 계약은 종료되었지만, 로렌은 '축복받은 자' 세 명을 포함한 12명의 란체 드워프와 추가 계약을 했다. 그들은 용병이 아니라 각인기예 기술자로서 계약했으며, 탈란델에게서 기술을 배우기로 되어 있었다.

탈란델이 그들을 가르치면서 더 효율적인 교습 방식을 발견해 준다면 더할 나위가 없었다.

그뿐만이 아니다. 로렌은 이번에 루시아 대공령의 유적 발굴권도 손에 넣었다. 그 유적의 발굴도 탈란델이 해줘야 했다.

다른 지역에 위치한 유적에 대한 발굴권 교섭도 차후 진행할 예정이었다. 이거야 하나씩 해나가면 된다. 지금 시대에 탈란델보다 더 나은 각인기예 장인이 존재하지 않는다는 건 이미 로렌 하트로서 확인한 바였다. 서두를 이유는 하나도 없었다.

그러니 로렌은 다른 쪽에 먼저 신경을 기울이기로 마음먹었다.

'그렇다면 역시 다음 목표는 정신 능력인가.'

모건 르 페이가 리콜이라는 새로운 능력을 사용할 수 있게 됐다지만, 그녀의 정신 능력은 그렇게까지 수준이 높다고 볼 수는 없었다. 더 수준 높은 염동력과 다른 정신 능력을 손에 넣기 위해 최소한 힌트라도 손에 넣어야 했다.

'일단은 양으로라도 커버해 봐야지.'

로렌은 이미 많은 수의 고치를 손에 넣었다. 모건 르 페이를 구출했던 그 고치 말이다. 그중에 페이가 든 고치는 극소수일 터였다. 아예 없을 수도 있고 말이다. 로렌 하트로서 고치를 수집했을 때 페이가 든 고치는 모건 르 페이가 들었던 것 딱 하나뿐이었다.

지난 생의 데이터대로라면 고치를 통해 또 다른 페이를 손에 넣을 가능성은 없다시피 했으나, 지금은 시대가 100년 이르고 역사에 변수도 많이 생겼다.

지난 생애에선 로렌 하트가 고치를 사 모으는 것이 화제가 되어 대마법사의 수집품이라고 소문이 나버려서 그를 따라 고치를 사들이는 호사가들도 많았기에, 시중에 나도는 모든 고치를 손에 넣을 수 있었던 것도 아니고 말이다.

그에 비해 이번에는 대마법사가 아닌 로렌의 명의로 사 모은 것이었기에 그리 화제가 되지 않았다. 더군다나 브뤼델의 실권자가 되어 로렌 하트였던 시절보다 돈이 더 많았고 시장에 미치는 영향력도 더 컸다.

로렌 하트가 사 모으지 못했던 고치를 이번엔 손에 넣었을 가능성이 전혀 없지는 않았다.

그러니 시도해 볼 가치는 있었다.

고치를 여는 작업은 세심한 주의를 기울여야 했고, 로렌 본인이 그간 너무 바빴기에 진행할 틈이 없었다.

하지만 이제는 자작령도 손에서 놓았고 수석 궁정 마법사의 지위도 내려놓았다. 시간이 생겼으니, 미뤄두었던 일들도 처리해야 했다.

'모건 르 페이에게 배우기로 한 리콜도 배워야 하고. …할 일이 많네!'

하지만 그 전에 할 일이 있었다.

* * *

"여행을 떠난다기에, 나는 너랑 처음 만났을 때처럼 다닐 수 있을 거라고 생각했었어."

라핀젤이 말했다.

"그런데……."

"로렌, 로렌! 저것 좀 봐!! 닭을 통째로 튀겼어!!"

라핀젤의 말을 스칼렛이 끊었다. 완전히 흥분한 기색이었다.

"그래그래. 스칼렛, 나중에 먹으러 가자."

"지금 먹으러 가면 안 돼?"

"나중에."

로렌이 그렇게 스칼렛의 흥분을 가라앉히고 있던 중에, 그림자 속에서 사람이 하나 튀어나와서 라핀젤의 어깨 위에 겉옷을 덮어주었다.

"라핀젤, 또 어깨를 드러냈군요. 감기 걸려요."

베르나였다. 로렌을 거의 죽일 뻔했던 암살자이자 축복받은 자인 그녀는 로렌의 명령을 받아 라핀젤에게 딱 붙어 있었다.

"일부러 그런 거야."

"감기, 걸려요."

"……."

맹목적이라고 표현해도 별로 이상하지 않을 정도인 베르나의 말에 라핀젤은 포기하고 겉옷을 어깨 위에 얹었다. 그러자 베르나는 만족한 듯 웃더니 다시 그림자 속으로 사라져 버렸다. [은밀] 능력을 사용한 것이다.

베르나가 능력을 사용하는 장면을 목격한 사람들은 놀라거나 흥분할 법도 하지만, 적어도 이 자리에서는 그러는 사람이 없었다. 다 익숙해졌기 때문이다.

적어도 이 마차 안에 있는 사람들은 말이다.

마차 안의 멤버 구성은 로렌, 라핀젤, 스칼렛, 베르나, 모건 르 페이다. 그리고 마부 자리에는 밴쿠버가 앉아 있었다. 다른 란체 드워프들은 탈란델의 제자 겸 조수로 붙여줬지만, 밴쿠버의 [위기 감지] 능력은 놀려두기 아까웠기에 데리고 왔다.

이렇게 6명이 이번 여행의 동행자들이었다.

레윈이 따라올 법도 했지만, 그는 구 라핀젤 자작령의 대학에서 '마법의 정석' 집필에 집중하느라 오지 못했다.

"음… 어디까지 이야기했었지?"

라핀젤이 겉옷을 슥 벗으며 말했다. 그러자 그림자 속에서 손이 쑥 뻗어져 나와 다시 옷을 입혔다.

"…너무 과보호야!"

라핀젤은 신경질적으로 겉옷을 제대로 입으며 불평을 터뜨렸다.

"네가 마음에 들었나 보지."

로렌은 웃으며 말했다.

정신 능력 단련 전에 할 일이란 건 라핀젤과의 약속을 지키는 것이었다. 즉, 여행을 떠나는 것이다. 그렇다고 이 여행이 그냥 아무것도 아닌 관광이나 휴양 목적인 것은 아니었다.

로렌 일행은 지금 레물로스 왕국으로 향하고 있었다.

로렌이 소유한 조직은 정보 조직인 히드라의 피뿐만이 아니었다. 애초에 다르키아 왕국 제일의 정보 조직을 운용하고 있는 시점에서, 이 정보망을 돈 버는 데 이용하지 않는 게 더 이상했다.

구 발레리에 대공령에서의 영향력과 브뤼델에서 벌어들인 자금력을 기반으로 유통망을 장악하고, 구 라핀젤 자작령에서 반란을 일으켰던 하이어드들에게서 압류한 기업들을 하나로 묶어 일종의 재벌 같은 것을 설립해 운용하고 있었다.

로렌은 그 기업 집단의 이름을 '로하트 그룹'이라 지었다. 로렌은 이미 로렌 하트가 아니지만, 옛 이름을 추억하는 의미에서 지은 이름이었다.

그동안 로렌은 디셈버로서의 업무에 지나치게 바빴기에, 로하트 그룹의 운영은 하이어드 베르기에와 네델트에게 맡겨두고 있었다. 두 하이어드는 구 라핀젤 자작령의 반란기에 로렌에 의해 회유된 이들로서, 로렌에게 충성을 맹세했기에 살려둔 이들이었다.

하이어드가 괜히 귀족들의 지위를 위협할 정도로 금력을 쌓아올린 게 아니라는 걸 베르기에와 네델트가 톡톡히 보여주었다. 로하트 그룹의 영향력은 어느새 다르키아 왕국 구석구석까지 미치고 있었다.

방주의 복제로 말 그대로 막대한 자금력을 소모했음에도 불구하고 금방 회복하고 세 대째의 복제마저도 아무렇지도 않게 마칠 정도로 어마어마한 수입을 자랑하고 있었다.

하긴 독점 금지법도 없는 시대다. 일단 시장에서 독점적 지위를 확고히 하고 나면 깡패처럼 시장을 휘저어놓을 수 있다. 각 영지에서 소소하게 동네 대장 놀이를 하던 지방 하이어드들의 자금을 손쉽게 강탈하다시피 하고 그들의 기업 또한 적대적 M&A로 흡수 통합 해버렸다.

이런 식으로 너무 심하게 해먹다 보면 온갖 위협과 폭압, 때로는 암살마저도 당할 수 있는 폭력의 시대이건만, 하이어드 베르기에와 네델트는 아랑곳하지 않았다.

그럴 만도 한 것이 다르키아 왕국 최고의 전직 암살자 집단이 그들의 아군으로 붙어 있었다. 고용할 수 있는 암살자라곤 경력도 없는 개인 사업자 정도였다. 암살 시도조차 제대로 할 수 없는 게 현실이었다.

그렇다고 정면으로 붙자니 금력이 곧 폭력인 시대라, 용병을 고용해 시골의 폭력배 조직 정도야 손쉽게 정리해 버릴 수 있다. 아니, 어지간한 지방 군벌도 도저히 로하트 그룹의 조직력에는 저항하지 못할 정도였다.

결과적으로 로하트 그룹은 다르키아 왕국 전역에서 어지간한 대영주 이상의 영향력을 발휘하고 있었다. 로하트 그룹의 재무 구조를 확인한 로렌은 차라리 어이가 없을 정도였다.

'상인들이 먼저 중앙집권체제를 확립하다니!'

정신을 차리고 보니 로하트 그룹은 브뤼델 전체를 정치력뿐만이 아니라 경제력으로도 장악해 버렸고, 그 브뤼델이 다르키아 왕국의 경제적 수도가 되어 있었다.

아무리 그렇게 벌어들여 봐야 그 돈은 어차피 다 로렌 것이고, 하이어드 베르기에와 네델트는 그냥 정해진 월급을 받는 것뿐이다. 그런데도 이렇게 열심히 돈을 버는 이유를 들어보니 대답이 참 간단했다. '재미있어서'라 했다. 그 이유를 들은 로렌의 감상은 간결했다.

'마치 돈을 벌기 위해 태어난 것 같군.'

로렌은 그런 그들에게 두둑한 보너스와 함께 새로운 과제를 던져주었다. 로렌의 영향력이 레물로스 왕국에도 미치게 되었으니, 히드라의 피와 로하트 그룹을 레물로스 왕국에도 진출시키기로 한 게 그것이었다.

그것도 몇 달 전의 이야기다. 진출 업무는 적어도 책상 위에서는 순조롭게 이루어지고 있었다. 그러나 로렌은 모종의 이유로 종이를 완전히 신뢰하지 못하게 되었고, 그 실상을 직접 목격하길 원했다.

'서류만 믿을 수가 있어야 말이지.'

즉, 로렌이 레물로스 왕국에 온 건 일종의 현지 시찰도 겸하고 있었다.

"로렌! 역시 지금 당장 먹어야겠어!"

로렌이 상념에 잠길 수 있었던 것도 잠시였다. 스칼렛이 다시 날뛰기 시작했다.

"그깟 닭튀김이 뭐라고… 그래, 먹자. 먹어."

로렌은 더 이상 스칼렛을 제지할 수 없음을 깨닫고 체념 끝에 밴쿠버에게 말해 마차를 멈추도록 했다.

"내가 상상한 여행은 이런 게 아니었는데……."

그 와중에 라펀젤은 혼자서 뭐라고 툴툴거리고 있었다.

*　　　*　　　*

"스칼렛, 잘했어!"

로렌은 스칼렛을 칭찬했다.

'왜 이때까지 잊고 있었지?'

치킨의 맛!

비록 통닭튀김이라 로렌이 김진우로서 기억하던 치킨과는 조금 다르기는 했지만, 어쨌든 치킨은 치킨이었다.

"그치?"

스칼렛이 가슴을 쫙 펴며 자랑스러워했다. 로렌은 그런 그녀의 어깨를 두들겨 주었다.

하지만 이걸로 만족할 로렌이 아니었다.

이 세계의 통닭튀김은 아직 염지가 완벽하지 않았고, 로렌은 그 개선점에 대해 쉽게 떠올릴 수 있었다.

"양념을 개발해야겠어. 더 맛있는 양념을……."

프라이드가 전부가 아니다. 양념치킨이야말로 지고의 치킨이다. 욕심을 더 부리자면 반반 무 많이.

"만들 수 있어!"

아예 불가능하다면 모를까, 로렌에게는 시간도 있었고 자금력도 있었다. 브뤼델이라는 세계 전역으로 이어지는 항구도 로렌의 것이었다. 아무리 희귀한 향신료라도 이 세계에 존재만 한다면 손에 넣을 수 있는 수단이 로렌의 손안에 모두 존재한다.

로렌의 눈동자가 야망으로 불타오르고 있었다.

*　　　　*　　　　*

현지 시찰도 좋고 통닭튀김도 좋지만, 로렌은 이번 여행의 본래 목적을 잊지는 않았다.

그 본래 목적이란 물론 휴양과 관광이었다. 라핀젤과의 약속을 지키는 것도 그렇지만, 로렌도 그간 전쟁과 영지 경영, 돈벌이와 정치적 술수로 인해 피로해진 심신을 달랠 필요가 있었다. 아무리 갖가지 회복 수단을 갖고 있다고는 해도 그의 영혼은 분명 지쳐 있었다.

로렌 일행이 머무르고 있는 이 도시의 이름은 테르마이, 레물로스의 유명한 관광지였다.

다르키아 왕국보다 오래된 역사를 자랑하는 레물로스 왕국에서도 전통적이면서도 아직까지도 번성하는 관광지인 테르마이의 주된 관광 콘텐츠는 바로 목욕탕이었다.

목욕탕이라고 그냥 무시할 게 아닌 게, 로렌 일행이 머물고 있는 이 숙소에 딸린 목욕탕은 지어진 지 천 년이나 된 유적지이기도 했다. 물론 지금도 쓰일 정도니 지속적인 관리로 천 년 전과는 조금 다른 모습이 되긴 했지만 말이다.

괜히 천 년 전의 인류가 여기에 목욕탕을 세운 게 아니다. 따로 연료를 들여 물을 데울 필요가 없는 천연 온탕이 있기 때문이다.

온천이다!

"전 용병으로 고용된 걸로 기억하는데 이런 곳에서 팔자도 좋게 온천이라니. 이런 걸로 돈을 받아도 되는 건지 망설여지는군요."

밴쿠버가 어울리지도 않게 주저하며 말했다. 그도 그럴 것이, 이 목욕탕은 귀족들조차 자주 오기 힘든 최고급 목욕탕이었다. 그런 목욕탕을 아예 통째로 빌렸으니 밴쿠버라도 부담이 되는 모양이었다.

'사실 빌린 게 아니지만 말이지.'

빌린 게 아니라 사버렸다. 테르마이에서 가장 오래되고 동시에 고급스러운 이 목욕탕은 굉장히 비쌌지만, 로렌이 못 살 정도는 아니었다.

그러나 그런 걸 일일이 말해줄 필요를 느끼지 못한 로렌은 뚱하니 다른 소릴 했다.

"용병이면 호위 임무도 자주 받지 않나?"

"그렇긴 하지만요. 네, 뭐. 흠흠."

잠깐 생각하던 밴쿠버는 갑자기 느물거리며 웃었다.

"각하께서 왜 절 데려오셨나 했더니, 저 빼고 다 여성이라니. 확실히 이런 곳엔 같은 남자가 하나는 필요하겠군요."

기왕 이렇게 된 거, 그냥 뻔뻔해지기로 마음먹은 모양이었다. 괜찮은 태도였다.

"이제 난 더 이상 각하가 아니야."

"그럼 전 각하를 대체 뭐라 부르면 되겠습니까? 드래곤?"

디셈버 드래곤설은 아직도 명맥이 이어지고 있었던 건가. 로렌은 다소 질려서 고개를 저었다. 만약 이 소문이 지금도 퍼지고 있다면, 십중팔구 밴쿠버 때문일 것이다.

"그것도 슬슬 질릴 때가 되지 않았나?"

"알겠습니다, 사장님. 목욕을 끝내고 맥주나 한잔하시는 게 어떻습니까?"

"통닭튀김이랑 같이."

로렌은 16세 미성년자이지만, 아무렇지도 않게 술 이야기를 꺼내며 고개를 끄덕였다. 하기야 이 세계에는 미성년이라고 술 못 먹게 하는 법이 없다. 로렌도 내용물은 성인이라 자신의 언행에 위화감 같은 건 느끼지도 못했다.

"그 통닭튀김이 꽤나 마음에 드셨나 보군요."

"고향의 맛이야."

그 고향이 지구를 가리킨다는 걸 밴쿠버는 상상도 못 하리라.

'그건 그렇고 의외로 별로군.'

생각했던 것보다 온천이 기분 좋지는 않았다.

'지난번엔 휴가만 내면 온천을 다녀왔을 정도였는데.'

로렌이 생각하는 '지난번'이란 물론 로렌 하트 시절을 가리킨다. 그때 기억으로 여기가 참 좋았기에 이 목욕탕을 사들인 것이기도 했다. 물론 투자 목적도 있었지만 말이다. 로렌 소유의 기업 그룹인 로하트 그룹과 '히드라의 피'가 모두 이 목욕탕에 투자 가치가 있다고 판단했다.

'잘못 산 건가?'

로렌은 갸웃거리다가, 곧 이유를 알아내었다.

로렌 하트도 대마법사이기는 했지만, 육체는 일반인과 별다를 바가 없었다. 하지만 지금은 기사단장급의 단련된 육체를 가졌을 뿐만 아니라 엘리시온의 경이라는 기물을 소지하고 있다.

그러니 로렌이 피로에 지친 몸에 따뜻한 온기가 스며드는 효과를 만끽하지 못하는 건 온천 탓만은 아니었다.

'내 탓이군.'

다소 실망한 로렌은 온천에서 일어나려 했다.

"먼저 나가겠네."

어차피 온천에 앉아 있었던 것도 1시간가량 지나 있었다. 이 이상 온천욕을 해봐야 별 의미가 있을 것 같지는 않았다.

그런데 그때, 밴쿠버가 이런 말을 했다.

"어, 벌써요? 의외로 온천에 약하시군요."

이 란체 드워프 용병은 해서는 안 되는 말을 하고 말았다.

"……."

로렌은 도로 온천에 앉았다.

1시간 후.

"먼저 나가겠습니다, 사장님."

"그래? 의외로 온천에 약하군."

정당한 보복이었다. 그러나 때로는 그것이 정당한 행위라 할지라도 옳지 않은 경우가 있으며, 지금이 바로 그런 경우에 속했다.

"……."

밴쿠버는 아무 말 없이 다시 온천물 속에 앉았다.

6시간 후.

"져, 졌습니다, 사장님……. 이 이상 온천 안에 있으면 위험할 거라고 [위기 감지]가 반응을… 으으."

밴쿠버는 온천에서 기어 나갔다. 그의 두툼한 알몸은 온통 붉게 달아올라 있었다.

그런 그를 보며, 로렌은 승리자의 미소를 지었다.

"…대체 이게 뭐 하는 짓이지……."

하지만 그 승리조차 마음속 어딘가에 공허함이 들어차는 것까지 어찌할 수는 없었다.

6시간이나 쓸데없는 시간을 보냈다.

생각해 보니 밴쿠버도 초인이라, 몇 시간 정도 온천에 푹 들어가 있는 걸로 몸이 상할 리가 없었다. 물론 로렌보다야 덜 초인이니 로렌이 이기긴 했지만 말이다.

"완전무결한 시간 낭비였군."

그놈의 승부욕이 무엇인지. 식사 때도 놓친지라 배가 고팠다. 당연히 로렌은 몇 끼 정도 굶어도 별 상관은 없지만, 사서 고생이란 건 변함이 없었다.

온천에서 나온 로렌은 버릇처럼 공력을 회전시켜 보았다.

"……!"

공력이 달아올라 있었다. 공력은 그저 힘이기에 온도 같은 게 있을 리가 없지만, 로렌 본인은 그렇게 느꼈다. 그리고 이 느낌은 어디서 한번 느껴본 것이기도 했다.

"어디였지… 뭐였지?"

한참 고개를 갸웃거리던 로렌은 이런 식의 공력을 언제 맛봤는지 마침내 기억해 냈다.

"리처드 남작!"

전쟁에서의 공적으로 인해 지금은 다르키아 14세로부터 다르키아 제1검의 칭호를 받은 왕국 최강의 기사가 로렌을 등 뒤에 태우고 잠시 맛만 보여준 그 공력의 맛과 흡사했다.

"시간이 많이 흘러서 진짜 똑같은지는 잘 모르겠는데."

로렌이 아는 한 승화의 경지에 들어간 최초이자 유일한 기사의 공력이다. 그것과 닮은 공력이라니. 이심의 경지에 들어선 후 기사도의 성장은 지지부진해진 로렌에게는 천금과도 같은 힌트가 아닐 수 없었다.

'이게 진짜 힌트가 맞기만 하다면 말이지!!'

로렌은 희희낙락하며 공력을 회전시켰다. 그러나 아쉽게도 회전된 공력은 곧 식어서 다시 원래의 맛으로 돌아갔다.

"……."

이렇게 끝내선 안 된다. 직감한 로렌은 다시 옷을 벗고 온천에 들어가려고 했다.

"로렌! 왜 이렇게 안 나와?!"

그때, 스칼렛이 쨍알거리며 남자 탈의실에 난입해 왔다.

"스칼렛!"

로렌은 놀라 스칼렛의 이름을 불렀다.

"그래, 스칼렛이 있었지! 유레카! 유레카!!"

로렌은 흥분해서 외쳤다. 그런 로렌의 기색에 스칼렛은 다소 경계하며 물었다.

"응? 로렌, 좀 이상한데. 왜 그래?"

"스칼렛, 나랑 같이 어디 좀 가자."

"안 그래도 갈 생각 아니었어? 통닭튀김 먹어야지!"

그러고 보니 그런 약속을 했던 것 같았다. 밴쿠버하고도 말이다.

"통닭튀김은 나중에!"

하지만 지금 중요한 건 그게 아니었다.

"뭐?!"

"중요한 일이야!"

로렌은 정색했지만, 스칼렛은 흥분했다.

"세상에 통닭튀김보다 중요한 일이 어디 있어!"

*　　　*　　　*

결국 통닭튀김 서너 마리를 사서 스칼렛의 입에 던져준 후, 로렌은 드래곤의 모습으로 변한 스칼렛을 타고 인근 산 정상으로 향했다.

테르마이 산.

도시의 이름과 같은 이름이 붙은 이 산은 괜히 온천지 주변의 산이 아닌지라 화산이었다.

"이게 잘하는 짓인지 모르겠어."

스칼렛이 말했다.

"안 해보는 것보다는 나아."

로렌은 단호하게 말했다.

테르마이 산 정상에는 관광지로 유명한 칼데라 호(湖)가 있었다. 지열로 인해 뜨겁게 달궈진 칼데라 호는 사시사철 뜨거운 김을 올려 장관을 연출하고 있다. 발을 잘못 디뎌 빠져 죽은 동물들의 시체만 보이지 않는다면 더 장관이겠지만, 관광객들은 그것까지 포함해서 즐겼다.

동물 시체가 둥실둥실 떠다니지만 악취가 나지 않는 이유는 간단했다. 칼데라 호가 너무 뜨거워서 동물들은 거기 삶겨져 죽은 것이기 때문이다. 단백질 변성이 일어날 정도로 온도가 높아, 온천으로 쓰기에는 부적절하다.

로렌이 밤늦게 이 칼데라 호를 찾은 이유는 간단했다.

온천욕을 하기 위해서였다.

"진짜로?"

"그래, 진짜로."

한밤중이다. 아마 관광객은 없을 것이다. 어차피 명률법으로 존재감을 지울 거라 보는 눈이 좀 있어도 상관은 없지만, 꽤 격렬하게 움직일 생각이라 없는 편이 더 나았다.

"난 네 위에 타고, 넌 호수 위에서 수영을 해."
"뜨거워 보이는데."
"전신에 공력을 돌려 몸을 보호하면 괜찮을 거야. 화염 폭발도 그걸로 막을 수 있으니까."
스칼렛은 로렌의 대답에 납득은 했지만 마음에는 안 드는 듯 입술을 삐죽였다.
"대가는?"
"너 아직도 이심의 경지에 못 올랐지?"
레물로스 왕국 소속 용병이자 특수부대인 프라이드와의 격전에서 스칼렛은 로렌을 꽤 오랜 시간 태우고 날아다녔는데도 이심의 경지에는 이르지 못했다.
"평범한 방법으로는 경지에 못 오른다는 증거야. 그렇다면 평범하지 않은 방법을 쓸 생각을 해야지."
"으음… 그래도 뜨거울 것 같은데."
예전과 달리 스칼렛은 그렇게까지 격렬하게 이심의 경지에 오르고 싶은 마음은 없는 것 같았다. 한 번 시도해서 실패한 것도 있겠지만, 어느 정도 학습 능력을 기른 탓도 있으리라.
스칼렛도 드디어 다른 사람 말에 훽훽 넘어갔다가는 호구되기 십상이라는 것을 드디어 배운 것이다!
로렌은 내심 스칼렛의 성장을 기뻐하면서도, 다른 떡밥을 어린 드래곤에게 던져주었다.

"저렇게 뜨거운 물속에 있다가 나와서 맥주를 마시면 얼마나 기막힐지 생각해 봐."

"차가운 맥주."

"그래, 차가운 맥주."

냉장고 같은 게 있는 시대도 아니고, 맥주를 식힐 수 있는 방법이 달리 있지는 않았다. 냉동 각인이나 마법이다. 그리고 로렌은 둘 다 사용할 줄 알았다. 물론 각인은 처음부터 새겨야 하니, 마법을 쓰는 편이 빠를 것이다.

"차가운 맥주에 통닭튀김."

"이제 너도 교섭을 좀 할 줄 아는구나. 좋아!"

로렌은 껄껄 웃었다. 이것으로 거래는 성립되었다. 스칼렛은 로렌을 태우고 뜨거운 호수 안으로 걸어 들어갔다.

"역시 뜨거워!"

"집중해, 스칼렛! 잘못하면 비늘이 잘 익어버릴 테니까!!"

그렇게 말하면서도, 로렌도 자신의 몸을 보호하기 위해 격렬하게 공력을 회전시키기 시작했다. 자신의 몸뿐만 아니라, 스칼렛을 향해서도.

*　*　*

5시간 후.

"뜨, 뜨거워!!"

그 말이 나온 건 로렌의 입이었다.

"스칼렛, 날아올라!"

"응!"

스칼렛은 로렌의 말을 기다렸다는 듯 바로 홰를 쳤다. 그 기세에 칼데라 호가 넘쳐흘렀지만, 로렌도 스칼렛도 신경 쓰지 못했다. 뜨겁게 달아오른 몸을 식히기 위해서는 가능한 한 빠른 속도로 날아야 했다.

아니, 몸이 달아오른 것은 별로 중요하지 않았다. 다섯 시간 동안의 온천욕을 통해 공력이 달아올랐다. 중요한 건 바로 그것이었다.

"공력이, 뜨거워!!"

스칼렛이 비명처럼 외쳤다. 핵심을 제대로 짚었다. 스칼렛의 허리를 두들겨 주며, 로렌이 다독였다.

"이 온도가 딱 좋아, 스칼렛. 이 온도야!"

"뭐?!"

로렌의 대답이 꽤나 의외였던지, 스칼렛의 목소리는 뒤집어져 있었다.

"지금은 날아! 어떻게 날아야 하는지 알지?"

"으, 응!"

스칼렛은 자신의 근육을 마구 휘몰아치는 공력의 폭풍에 정신을 차리지 못하는 것처럼 보였다. 그럼에도 그녀는 본능에 가깝게 로렌류 용기술에 가장 적합한 동작으로 하늘을 날았다. 이미 몸에 배기도록 반복한 탓이리라.

로렌은 정신을 집중하고 달아오른 공력을 회전시키기에 바빴다. 용암처럼 들끓는 공력에 괴로운 건 로렌도 마찬가지였으나, 다음 경지에의 힌트를 여기서 놓칠 수는 없었다.

"로렌, 로렌!"

스칼렛은 마치 처음 로렌에게서 공력을 받았을 때처럼 로렌의 이름을 외쳤다. 그러나 그때와 달리 몸부림을 치지는 않았다.

"심장이, 생기고 있어!"

스칼렛의 목소리에는 환희와 고통이 섞여, 마치 막 아이를 낳아낸 산모 같았다.

하지만 태어난 것은 아이가 아니다. 심장이다.

원래 있는 심장이 또 생길 리는 없다. 그러니 스칼렛이 말하는 심장은 다른 심장일 터였다.

이심.

'이심의 경지에 올랐구나. 축하한다, 스칼렛.'

로렌은 그렇게 말하는 대신 이를 꽉 깨물었다.

로렌도 이심의 경지에 오른 기사다. 로렌 자신과 공력으로 연결된 스칼렛의 몸에서 어떤 일이 일어난 건지는 안다. 그리고 그 변화가 자신에게 어떤 영향을 끼칠지도 어느 정도 예측할 수 있었다.

꽈르릉!

기어코 오고야 말았다.

간신히 신음 소릴 내지 않을 수 있었다. 미리 마음의 준비를 한 덕이었다. 그럼에도 로렌은 하마터면 정신을 잃을 뻔했다. 스칼렛에게서 돌아온 강렬한 여파가 로렌의 전신 구석구석을 휩쓸어놓고 있었다.

로렌이 그동안 보냈던 거대한 공력의 파도에 스칼렛의 이심에서 뿜어 나온 막대한 공력이 더해졌다. 인간의 이심도 아니고 드래곤의 이심이다. 더군다나 화산의 기운을 받아 용암처럼 달아오른 공력이다.

쿵! 쿵! 쿵! 쿵!

뜨거운 공력이 로렌의 무언가를 두들겨 대고 있었다. 공력의 통로는 다 열려 있을 것이 틀림없는데, 무언가를 더 뚫으려고 하는 것 같았다.

대체 뭘?

쾅!

의식이 하얗게 번졌고 곧이어 눈앞이 캄캄해졌다. 정신을 잃지 않은 게 기적적인 충격이었다. 무언가가 뚫렸다. 뭔지는 모르나, 굳이 비유하자면 신호등이 놓인 국도가 한순간에 고속도로가 되어버린 기분이었다.

콰콰콰콰!

그렇게 넓어진 '길'로도 감당할 수 없을 정도로 어마어마한 양의 공력이 로렌 본인의 제어에서 벗어나 폭포수처럼 거칠게 쏟아져 내렸다.

그 여파에 의해, 로렌의 단단히 부풀어 오른 근육이 녹아내리기 시작했다. 고통도 고통이었지만, 자신의 육체가 쪼그라드는 걸 직접 지켜보는 건 상상 이상으로 공포스러운 경험이었다.

'잘못되면 엘리시온의 경이로 회복시키면 그만이다!'

그 일념으로 로렌은 공포를 참아내며 이를 꽉 깨물고 버텼다.

대체 얼마나 오랜 시간이 흐른 것일까? 고통과 공포로 인해 체감으로는 천 년 가까이 흐른 후에나 로렌의 몸속을 헤집어놓고 있던 거친 공력의 폭풍은 잠잠해지기 시작했다.

어찌나 이를 꽉 깨물고 있었던지, 입을 벌리니 잇몸이 무너져서 이빨이 저절로 뽑혀 나와 피 한 모금과 함께 후드득 떨어져 나갔다.

"우어어, 으어?"

로렌은 놀라서 제대로 말도 못 했다. 어차피 말을 이을 수도 없었다.

"아아아아악!"

그다음 뒤이어 찾아온 격통 때문에, 짐승처럼 울부짖어야 했으니까.

로렌은 뒤늦게 격통의 원인을 알아챘다.

새 이빨이 나고 있었다.

"……?!"

이빨뿐만이 아니었다. 피부는 태양열에 말라붙은 지면처럼 쩍쩍 갈라지고, 그 갈라진 틈새로 녹아내린 전신의 근육이 흘러나오고 있었다.

근육뿐만이 아니었다. 뼛조각들이 피부를 찢고 툭 튀어나왔을 때 로렌은 눈알이 튀어나올 정도로 놀랐다. 그렇게 놀라고 있으려니 눈알도 튀어나왔다.

잔뜩 쪼그라진 눈알이 튀어나와서 손 위를 데구루루 구르는 것이 보였다.

'보여?'

눈알이 빠져나왔는데 눈앞이 보이는 건 이상하다. 초감각에 눈을 뜬 것도 아닐 테니 말이다. 로렌은 자신의 얼굴을 더듬거렸다. 새 눈알이 어느새 로렌의 눈두덩이 아래에 자리잡아 있었다.

'얼굴을 더듬거렸다고?'

그러고 보니 피부와 근육과 뼈가 몸에서 떨어져 나갔음에도 불구하고, 로렌은 여전히 마음먹은 대로 몸을 움직일 수 있었다.

녹아 흘러내린 근육 안에는 새 근육이 자리 잡고 있었다. 뼈도 마찬가지였다. 흐물흐물해진 뼈를 치우니 원래 뼈가 있었던 곳에는 단단한 새 뼈가 있었다.

'회복 마법은 안 썼는데?'

하도 신기해서, 로렌은 칼을 대고 자신의 새 피부와 근육을 갈라 그 속에 진짜 뼈가 있는지 보려고 했다. 그렇게 헤집어보니, 근육 안에는 진짜로 새 뼈가 있었다.

진짜 놀랄 일은 이걸로 끝이 아니었다. 칼로 헤집어놓은 근육이 저절로 제자리를 찾더니, 느릿하긴 하나 상처가 아물기 시작하는 게 아닌가?

'이럴 수가!'

틀림없었다. 이건 재생 능력이었다. 눈에 보이는 속도로 상처가 아물다니 무슨 도마뱀도 아니고. 아니, 도마뱀도 이 정도 속도로 재생이 되지는 않는다.

"아니, 미친. 무슨. 이게, 뭐지?"

로렌은 스스로에게 던진 물음을 다 마치기도 전에 깨달았다.

새 경지에 이르렀다.

그리고 아마도 이것이 승화의 경지이리라.

헛웃음이 나왔다.

새로운 신체 조직 위를 뒤덮고 있던 낡은 신체 조직을 다 긁어내자, 다소 근육질이었던 로렌의 체구는 절반에 가깝다고 해도 좋을 정도로 호리호리해졌다. 그럼에도 근력은 그리 떨어진 것 같지 않았다.

'업그레이드라도 된 것 같군.'

비유하자면 보통 철에서 강철로 신체 조직을 갈아 끼운 것 같은 느낌이었다. 그러고 보니 리처드 남작도 비슷한 이야기를 했었던 것 같았다.

단순히 신체 조직이 단단해지기만 한 건 아니었다. 새로 난 눈은 이전보다도 선명하게 보였다. 마치 망원렌즈를 눈에다 직접 끼워 넣은 것 같았다. 귀나 코도 마찬가지였다. 이전까지는 들리지 않았던 소리, 맡을 수 없었던 냄새가 로렌의 오감을 자극하고 있었다.

또 인상적인 것은 지금도 '뜨거운' 공력을 뿜어내고 있는 새로운 이심이었다. 경지에 오르기 전까지와는 달리 뜨거운 공력은 불쾌하거나 고통스럽지 않고, 오히려 기분 좋은 열기를 몸 구석구석까지 전달하고 있었다.

'이것이 승화의 공력.'

로렌은 리처드 남작에게서 받았던 공력의 느낌을 되새겼

다. 리처드 남작의 것보다는 다소 뜨겁긴 했으나, 별로 신경 쓰이지는 않았다. 승화의 경지에 오르면 공력의 질이 바뀐다는 공통점은 확실했으니, 그저 개인차로 넘길 만한 일이었다.

승화의 경지에 올라 체구는 크게 줄어들었음에도 불구하고, 별의 몸은 새로운 몸에 맞춰 성장하고 있었다. 그 성장은 단순히 크기가 커지는 것이 아니었다. 아니, 오히려 별의 몸은 더 작아지고 있었다.

그럼에도 로렌이 이 변화를 성장으로 느끼는 이유는 별의 몸이 이전보다 내실 있게 변화하고 있었기 때문이었다.

'곧 마법 서킷을 네 개로 늘릴 수 있겠군.'

이미 로렌 하트로서, 그리고 김진우로서 두 번이나 네 개의 서킷을 다뤄본 로렌은 이 성장으로 인해 자신의 마법적인 힘이 더욱 증강하리란 걸 잘 알고 있었다.

기사도와 마법에 서로 밀접한 연관이 있다는 건 이미 경험해 알고 있는 사실이었지만, 이번 경험은 이전보다 더욱 피부에 와 닿았다. 육체가 커지면 별의 육체도 커지니 그저 살을 찌워서 체적을 늘릴 생각도 했었지만, 그건 실행했더라면 후회했을 가설이라는 게 드러났다.

육체든 별의 몸이든 질이 중요했다. 그리고 승화의 경지는 육체의 질을 크게 끌어 올려주었으며, 이는 별의 몸을 성장시키는 것으로 연결되었다.

기사로서도 마법사로서도 크게 강해진 로렌은 이 모든 것이 스칼렛 덕임을 파악하고 있었다. 그렇기에 로렌은 그녀에게 감사 인사를 건넸다.

"고마워, 스칼렛."

드디어 이심의 경지에 오른 스칼렛이 일방적으로 로렌의 공력을 받아서 되돌리는 것뿐만 아니라, 드래곤의 이심을 통해 생성해 낸 공력과 함께 증폭시켜 보내주었기 때문에 로렌은 승화의 경지에 오를 수 있었던 거였다.

물론 평범한 공력으로는 이런 일이 일어날 수 없었고, 칼데라 호의 열기로 공력을 뜨겁게 달궜기 때문임도 로렌은 알고 있었다. 그리고 이 힌트는 리처드 남작에게서 얻은 것이었다.

'리처드 남작에게도 감사 인사를 전해야겠군.'

하지만 정작 로렌의 감사 인사를 받은 스칼렛의 반응은 이랬다.

"우와, 뭐야? 로렌, 너 내 등 위에다 뭘 이렇게 잔뜩 흘려놓은 거야? 더러워!"

"……."

스칼렛의 말은 사실이었기에 로렌은 반박할 수 없었다.

*　　　*　　　*

로렌은 칼데라 호에 들어가 앉아 아침 해가 떠오르는 것을 스칼렛과 함께 보았다.

칼데라 호에 다시 들어간 이유는 순수하게 씻기 위해서였다.

로렌이 승화의 경지에 오르면서 그의 몸에서 떨어져 나온 노폐물이 많았다. 그리고 그 로렌을 등 위에 얹고 있던 스칼렛에게도 노폐물이 잔뜩 묻었다.

드래곤 형태의 스칼렛을 씻길 만한 욕탕은 별로 없었고 이 주변에는 칼데라 호뿐이었으니, 당연한 선택이었다.

"음, 인간 형태로 돌아와도 이심은 그대로 남아 있네."

정작 스칼렛은 지금 인간 형태였지만 말이다. 처음 봤을 때와 조금도 다르지 않은 10대 중반의 모습인 그녀는 겉보기로만 치자면 이제는 로렌보다도 어려 보인다. 그래서 그런지 그녀는 일말의 부끄러움도 없이 로렌 앞에 알몸을 드러내어 보이고 있었다.

해가 떠서 관광객들이 조금씩 올라오기 시작했기에, 로렌은 그녀에게 뭐라도 옷가지를 입혀야 하나 잠시 생각했다. 그러나 곧 고개를 가로저었다. 하기야 어차피 명률법으로 존재감을 희박하게 만들어놓았으니, 그녀의 알몸을 볼 수 있는 건 로렌뿐이기도 했다.

"네 이심, 조금 이상해."

로렌은 스칼렛의 알몸보다도 신경 쓰이는 게 있었다.

"왜 처음 이심의 경지에 오른 주제에, 승화의 경지에 오른 것과 같은 공력이 나오는 거지?"

스칼렛의 부드러운 피부에 손을 얹고 공력을 회전시켜 보면, 그녀에게서 튕겨 나오는 공력은 평범한 공력이 아니라 잔뜩 달아오른 승화의 공력이었다.

"글쎄? 내가 드래곤이라서?"

"단지 여기가 온천지라서 그런 걸지도 모르지."

칼데라 호에서 나와서 맥주라도 마시고 몸을 식히면 원래의 공력으로 돌아올지도 모른다. 그렇게 생각한 로렌은 스칼렛의 등을 툭툭 두들겼다.

"일단 숙소로 돌아가자. 옷 챙겨 입고 맥주나 마시러 가자고."

"차갑게 식힌!"

스칼렛이 발작적으로 외쳤다.

그녀의 반응에 로렌은 슬며시 비어져 나오는 웃음을 굳이 참으려 하지 않았다.

"그래, 차갑게 식힌 맥주."

"통닭튀김이랑 같이."

"당연한 이야기 아니겠어?"

로렌의 대꾸에 스칼렛은 기분이 좋아져 방실방실 웃기 시작했다.

56장
뜻밖의 인연

숙소로 내려오는 길.

로렌은 걸음을 멈췄다.

“따라오는 놈이 있군.”

“우연의 일치 아냐? 어차피 등산로는 하나뿐인데.”

스칼렛이 심드렁하니 대꾸했다. 지금 로렌과 스칼렛은 명률법으로 모습을 감춘 상태였다. 서로가 희미하게 보이는 것으로 명률법이 제대로 기능하고 있는 것을 확인할 수 있었다.

그럼에도 불구하고, 로렌은 뒷덜미가 간지러운 것을 무시할 수 없었다.

“날아가자.”

“그러든지.”

지금까지는 그냥 별 이유 없이 걷고 싶어서 걷고 있었던 것뿐이다. 스칼렛은 드래곤의 모습으로 되돌아왔다. 로렌은 안장 없이 스칼렛의 등 위에 올라탔다. 신체 능력이 높아진 후부터 안장을 쓰지 않고 있었다.

스칼렛은 하늘로 날아올랐다.

그러자 모든 것이 확실해졌다.

“……!”

그들을 따라오던 추적자가 하늘로 같이 날아오른 것이다.

“로렌, 저거 뭐야?!”

“글쎄다.”

스칼렛에게 심드렁하니 대꾸하면서도, 로렌은 속으로 자책했다.

인류 의회가 더 이상 간섭하지 않는다는 말에 너무 긴장을 놓은 게 잘못이었다. 왜 지금까지 잊고 있었을까?

지금으로부터 200년 후, 레물로스 왕국을 불태운 그 참극을.

물론 지금 이 시대에는 아직 일어나지 않은 일이다.

로렌 하트의 시대, 역사에 한 획을 크게 그은 존재.

레물로스의 검은 드래곤.

로렌은 향상된 승화의 눈으로, 지난 생애에 자신이 목격했던 드래곤의 모습을 확실히 보았다. 200년이라는 시대의 차이가 있다. 200년은 드래곤에게도 짧은 시간은 아니다. 그때보다는 훨씬 작고 어린 모습이지만, 저 드래곤은 틀림없이 레물로스의 검은 드래곤이었다.

"로렌, 설마 저거 드래곤이야?"

"그걸 지금 말하는 거야? 너 많이 당황했구나?"

"아니, 내가 이 시대에 남은 마지막 드래곤이라며?"

"…나라도 모르는 건 있어."

이런 곳에서 레물로스의 검은 드래곤이 튀어나올 줄은 몰랐다는 점에서 완전한 거짓말은 아니었다. 9할 정도는 거짓말이었지만 말이다.

"저 녀석은 우리가 보이는 모양이로군. 따라오는 걸 보니 싸울 마음은 없어 보이고."

의외의 일이었다.

로렌이 아는 레물로스의 검은 드래곤은 이성을 잃은 짐승이자 미쳐 버린 괴수였다. 갑자기 튀어나와 모든 것을 부수고 불태우는 파괴의 화신이었다.

하지만 뭐란 말인가?

호기심으로 반짝이는 눈동자로 스칼렛을 관찰하는 저 모습은?

이미지가 완전히 다르지 않은가?

'하긴 세월 차이가 있으니.'

역사도 많이 바뀌었다. 전생의 기억에 지나치게 의지하는 것도 좋지는 않았다.

"로렌, 로렌!"

"알았어, 알았어. 대화의 여지가 있다면 대화를 해보자고."

흥분한 스칼렛을 다독이며, 로렌은 자신의 마음 또한 다잡았다.

*　　　*　　　*

레물로스의 검은 드래곤은 로렌 하트 시절에 한번 잡아봤지만, 그때는 다르키아, 레물로스, 양 왕국의 모든 기사와 마법사가 몰려가서 잡았었다.

당시에 대마법사였던 로렌 하트는 지휘만 했다. 워낙 귀한 몸이라 로렌 하트가 직접 나서려 들면 주변에서 적극적으로 막으려 들었다. 그 탓에 결과적으로 피해가 크긴 했지만, 어쨌든 토벌에는 성공했다. 로렌 하트까지 나설 필요가 없었던 것도 사실이었다.

그래서 로렌은 드래곤과 맞대결을 해본 경험 자체는 없었다.

'하지만 뭐, 내가 이기겠지.'

그러니 상대가 미쳐 버린 괴수든 파괴의 화신이든 겁을 먹을 이유가 없었다.

적당한 공터에 내려앉은 로렌과 스칼렛은 레물로스의 검은 드래곤이 따라오길 차분히 기다렸다. 스칼렛은 명률법을 사용해 인간 형태를 취한 상태였다.

레물로스의 검은 드래곤은 약간 망설이듯 하더니, 큰 결심이라도 한 듯 로렌이 있는 공터에 내려앉았다. 명률법으로 보이는 힘을 사용한 레물로스의 검은 드래곤은 인간 형태로 변해 로렌 일행을 향해 다가왔다.

"저기, 내가 보여?"

레물로스의 검은 드래곤에게서 처음 들은 말은 그것이었다.

어이가 없었다.

"반대로 묻겠는데, 그러는 넌 우리를 무슨 수로 보는 건데?"

그렇게 묻자, 레물로스의 검은 드래곤이 깜짝 놀랐다.

"드래곤어! 너도 혹시 드래곤이야?"

"……."

로렌은 스칼렛과 처음 만났을 때의 일을 떠올렸다. 확실히 그때도 이랬다. 이 레물로스의 검은 드래곤도 꽤나 오랜 시간 사람과 대화를 안 해본 것 같았다.

그 스칼렛은 지금 로렌의 등 뒤에 숨어서 손가락만 빨고 있었다.

"이름부터 말해줘."

"그건 비밀이야. 너도 명률법을 쓰니까 알 거 아니야?"

역시 레물로스의 검은 드래곤이 방금 전에 사용한 힘은 명률법이 맞는 것 같았다. 예상은 했기에 별로 놀랄 이유는 없었다.

"진짜 이름 말고, 가짜 이름 말이야."

"아, 가짜 이름. 그건 알려줄 수 있지. 가짜 이름. 가짜 이름이라… 그런 건 없는데? 아, 그래, 레물로스라고 할까?"

로렌은 스칼렛을 처음 만났을 때의 일을 회상했다. 그때 스칼렛은 본인의 이름을 브뤼델이라고 부르라고 했었다.

'스칼렛하고 똑같은 수준인 건가…….'

그것도 처음 만났을 당시의 스칼렛. 대화를 하자면 고생 좀 할 것 같았다.

"그건 이 나라 이름이잖아… 용케 이 나라 이름은 아는군."

"동족을 만나는 건 처음이야!"

대화가 진행이 안 되고 있었다. 레물로스의 검은 드래곤은 횡설수설하느라 정신이 없었다. 어쨌든 정리를 좀 해야 할 것 같아서, 로렌은 마음을 다잡고 자기소개부터 하기로 했다.

"나는 로렌이라고 한다. 이쪽은 스칼렛."

"로렌, 스칼렛! 가짜 이름이네. 진짜 이름은?"

이것도 스칼렛 처음 만났을 때 하고 반응이 같았다. 로렌은 손을 내저었다.

"진짜 이름은 알려줄 수 없어."

"서운한데?"

로렌은 순간적으로 드래곤에게 자신의 힘이 얼마나 통할지 시험해 보고 싶어졌다. 아니, 사실 능력을 시험해 보고픈 마음보다는 그냥 한 대 쥐어 패주고 싶은 마음이 더 컸다.

"부를 이름이 없으면 불편하니 내가 네 이름을 지어주도록 하지."

"오, 재미있겠네! 어떤 이름을 지어줄 거야?"

"멜라니. 어때?"

로렌이 김진우였을 때, 인류가 멸망한 후 수없이 돌려본 필름 영화의 등장인물이 바로 멜라니였다. 그 영화에서 멜라니는 스칼렛의 가장 친한 친구이자 연적이었다.

"느낌 좋은데? 뜻은 뭐야?"

"새카만 머리칼의 귀여운 여자애라는 뜻이야."

인간형으로 변한 레물로스의 검은 드래곤은 작은 여자아이였다. 붉은 머리칼이었던 스칼렛과 달리, 검은 드래곤이라 그런지 머리칼 색도 검은색이었다. 그 검은 머리칼과 대비되는 새하얀 얼굴 피부가 확 붉어졌다.

"내가… 귀여워?"

"그렇다곤 말한 적 없는데."

스칼렛이 등 뒤에서 로렌을 꼬집었다.

'얘는 또 왜 이래?'

기껏 동족과 만나서 대화의 장을 마련했더니 등 뒤에 숨질 않나, 맥락도 없이 갑자기 꼬집질 않나. 로렌은 스칼렛의 행동을 이해할 수 없었다. 하지만 방금 전에 그녀 덕에 새로운 경지에 오를 수도 있었던 터라, 이 정도야 참아줄 수 있었다.

"흠, 흠, 좋아. 날 멜라니라고 부르도록 해."

멜라니는 로렌이 지어준 이름이 마음에 든 듯, 평평한 가슴을 쫙 펴며 자랑스레 말했다. 외견으로만 보자면 고작 10살 정도밖에 되어 보이지 않는 그녀의 그런 동작은 꽤나 귀여웠다. 로렌이 기억하는 레물로스의 검은 드래곤의 이미지와는 영 동떨어져 있었다.

"그래서 멜라니, 왜 우릴 따라온 거야?"

"어? 아, 음… 동족을 만나는 건 처음이야!"

맥락 없는 대답이었으나, 완전히 이해가 가지 않는 대답은 아니었다. 반가웠던 것이리라. 매우 안타까운 일이지만 이쯤해서 진실을 밝혀야 할 것 같았다.

"난 네 동족이 아니야."

멜라니는 몇 초간 침묵했다.

"…엥? 하지만 드래곤어를 사용하고 있잖아?"

멜라니는 현실 인식을 거부하는 방향으로 간 모양이었다.

"드래곤어를 쓸 줄 안다고 해서 드래곤이라는 보장이 없잖아."

"그치만 명률법을 쓰잖아!"

신경질적인 목소리로 따지지만, 그런다고 진실이 달라지지는 않는다.

"명률법을 쓸 줄 안다고 해서 드래곤이라는 보장이 없잖아."

"그치만… 으……."

멜라니는 울먹거리기 시작했다. 그런 그녀를 보며, 로렌은 스칼렛에게 말했다.

"네가 처음에 이랬어."

"그래, 내가 처음에 이랬겠네."

스칼렛은 한숨을 내쉬었다. 그리고 그제야 로렌의 등 뒤에서 나왔다.

"울지 마, 작은 아가씨."

"난 작지 않아! 드래곤이니까!"

"나보다는 작아."

스칼렛은 방금 전까지 낯을 가리느라 로렌의 등 뒤에 숨어 있던 게 거짓말 같을 정도로 당당하게 가슴을 폈다.

"나는 드래곤이니까."

멜라니의 얼굴이 화악 밝아졌다.

*　　　*　　　*

아무래도 200년 후의 대참사는 레물로스의 검은 드래곤에게만 책임이 있는 건 아닌 것 같았다. 멜라니의 성격은 스칼렛과 유사했다. 즉, 마음만 먹으면 얼마든지 속여먹고 이용해 먹는 게 가능해 보였다.

로렌이 이렇게 생각한 이유는 간단했다.

"우와, 언니 정말 굉장해요!"

스칼렛이 온갖 허풍을 떨어 멜라니를 속여먹고 있었기 때문이었다. 어느새 멜라니에게 스칼렛은 세상의 어둠 속에서 암약해 정의를 이뤄낸 영웅처럼 되어 있었다.

"……."

스칼렛의 성장에 뿌듯해해야 하는 걸까? 아니면 세풍에 더럽혀지고 만 스칼렛의 인성에 통탄해야 하는 것일까. 로렌은 고뇌에 잠기고 말았다.

그나마 다행인 건 스칼렛의 허풍이 그래도 사실에 기초하고 있다는 것 정도일까.

'실제로 한 건 나지만 말이지!'

스칼렛은 로렌의 눈치를 보고 있었다. 일단 저지르긴 했는데 뒷수습이 걱정인 모양이었다. 전형적인 사고뭉치의 행동

패턴이었다.

"저도 언니 따라 갈래요!"

멜라니가 스칼렛에게 답싹 안기며 말했다. 그러자 스칼렛의 표정도 무너졌다. 마치 새끼 고양이를 처음 품에 안아본 여자애 같은 표정으로, 스칼렛은 말했다.

"그렇대, 로렌."

"왜 그걸 제게 물어보시죠? 호국경 각하."

"로, 로렌."

스칼렛이 바들바들 떨기 시작했다. 이 반응은 로렌에게 혼나는 게 두려운 것일까, 아니면 거짓말이 들켜 멜라니에게 경멸당하는 게 두려운 것일까? 어느 쪽이든 상관없었다. 어쨌든 웃겼으니까.

"알았어, 알았어. 여자애 하나 숙식 책임지는 거야 일도 아니지."

앞으로 100년은 웃을 거리를 제공해 준 스칼렛을 위한 작은 선물이었다. 그런 로렌의 사악한 속내를 알 리 없는 스칼렛은 좋다고 양팔을 번쩍 들며 외쳤다.

"만세! 그래, 멜라니! 나랑 같이 가자!!"

"네, 언니!"

이로써 로렌 일행에 인원수가 한 명 늘었다. 로렌의 입장에서 보자면 별로 영양가는 없지만, 레물로스 왕국에서 200년 후에 일어날 재앙을 미리 예방한 셈 치면 나쁠 것 없었다.

'뭐, 인간관계를 영양가 기준으로 맺는 것도 좀 그렇지.'

로렌은 스스로의 사고방식을 약간 반성하며, 아직까지도 서로 손 잡고 꺄꺄거리며 좋아하는 스칼렛과 멜라니를 바라보았다.

'둘 다 인간은 아니지만 말이지!'

* * *

아침 시간에는 문을 연 닭튀김 집이 없었다. 한껏 우울해진 스칼렛의 어깨를 두들겨 주며 숙소로 들어오자, 라핀젤이 잔뜩 화가 난 채 로렌을 기다리고 있었다.

"밤새 어딜 다녀온 거야?! 아니, 뭐가 어떻게 된 거야?"

분노한 것도 잠시, 로렌의 변모에 놀란 라핀젤의 목소리가 뒤집혔다. 하룻밤 사이에 다소 부담스러울 정도로 부풀어 올랐던 근육이 녹아내리고 겉보기에 평범해 보이는 모습이 되었으면 누구라도 놀라긴 할 것이다. 사실 로렌이란 걸 알아본 게 더 신기할 정도였다.

"어떻게 사람이 반쪽이 되어서… 회복시켜 줄까?"

라핀젤은 급히 가슴께에 손을 집어넣어 엘리시온의 경이 파편의 능력을 사용하려 들었다.

"아니, 괜찮아."

로렌은 웃으며 손을 내저었다.

"새 경지에 도달했어."

로렌의 말에 라핀젤은 어이가 없다는 듯 로렌을 바라보았다.

"…무슨 사람이 매년 새 경지에 도달했대. 그래도 되는 거야?"

"안 될 건 또 뭐야?"

로렌은 껄껄껄 너털웃음을 터뜨렸다. 체구가 작아져 도로 10대 중반처럼 보이는 그에게는 그리 어울리지 않는 웃음소리였다.

라핀젤은 처음 놀랐던 것과는 달리 쉽사리 안정을 되찾고 스칼렛의 등 뒤에 숨어서 기웃거리고 있는 멜라니에게 시선을 주었다.

"또 여자애를 새로 데리고 왔네? 누구? 숨겨둔 딸?"

"내 나이가 몇 살이라고 생각하는 거야……."

"능구렁이!"

나이가 몇 살인지 물어봤는데 왜 대답이 능구렁이인지는 묻지 않았다. 긁어 부스럼이라는 좋은 속담도 알고 있으니, 당연한 일이었다.

"멜라니야. 내 동생!"

스칼렛이 가슴을 쫙 펴며 자랑스러운 듯 소개해 주었다.

"도, 동생? 그렇지만 머리칼색도 피부색도 다른데……."

"그게 중요해?"

스칼렛의 물음에 라핀젤은 알아들었다는 듯 작게 손뼉을 쳤다.

"아, 뭐 동생 격이라는 거겠네. 그래, 난 라핀젤이야. 잘 부탁해, 멜라니!"

"저, 저……."

라핀젤이 손을 내밀자, 멜라니는 당황해서 제대로 말도 못 했다. 그런 멜라니의 반응을 본 라핀젤은 환성을 내질렀다.

"어머, 귀여워라. 스칼렛 처음 왔을 때 같네."

"난 이렇지 않았어!"

"그래그래. 멜라니, 이리 들어와. 같이 아침 목욕하자!"

라핀젤은 스칼렛이 분개하든 말든 크게 상관하지 않으며 멜라니의 손을 끌고 숙소 안으로 들어왔다. 멜라니는 어, 어, 하며 끌려갔고, 스칼렛도 뭐라 뭐라 짱알대며 그 뒤를 따라갔다.

"뭐, 라핀젤에게 맡겨놓으면 되겠지."

그 광경을 바라보던 로렌은 무책임한 혼잣말을 했다. 물론 라핀젤에게는 들리지 않을 정도로 작은 목소리로 말이다.

*　　　　*　　　　*

라핀젤을 비롯해 스칼렛, 멜라니, 베르나까지 목욕탕으로 향한 사이, 로렌은 따로 할 일이 있었다.

정신을 집중해서 정신력을 한데 모은다. 송곳처럼 날카롭게 다듬은 정신력으로 공간의 벽을 찔러 틈새를 찾는다.

이미지를 떠올린다.

[모건 르 페이.]

모건 르 페이의 모습을 이미지로 떠올리려고 했던 것이 텔레파시로 나가 버렸다.

[실수하셨군요.]

모건 르 페이의 텔레파시를 들으며 로렌은 혀를 찼다.

"아, 이런."

로렌은 지금 [리콜]을 연습하는 중이었다. 애초에 연락책으로 유능한 모건 르 페이를 일부러 여기까지 데려온 이유가 리콜을 배우기 위해서였다.

이미 텔레파시를 사용할 줄 아는 것이 화근이었다. 기껏 집중시킨 정신력이 텔레파시 쪽으로 흘러나가 버린다. 부작용이라고 하기에는 조금 뭐 하지만, 모건 르 페이 외의 대상을 상대로도 텔레파시를 사용할 수 있게 되긴 했다.

[밴쿠버, 아직도 자나?]

"히익!"

곤히 잠들어 있던 밴쿠버가 놀라서 벌떡 일어났다. 밴쿠버에게 제대로 텔레파시가 전달된 걸 보며 로렌은 괜히 흐뭇해했다.

유효 거리는 3m 정도. 입으로 말하는 게 더 나은 수준이다. 연습하면 더 길어지기야 할 터였다.

문제는 지금 연습 중인 게 텔레파시가 아니라 리콜이라는 것이었다.

"그런데 왜 자꾸 텔레파시에 능숙해지는 거냐고……."

[오히려 저는 로렌 님께서 정신 능력에 너무 빠르게 익숙해지는 게 무서울 정도인데요.]

모건 르 페이가 로렌을 위로해 주었다.

"이렇게 가까운 거리에 있는데, 그냥 말로 하지?"

모건 르 페이는 지금 로렌의 눈앞에 있었다. 방금 전까지 로렌은 바로 눈앞의 상대를 리콜로 불러오는 연습을 하고 있었으니 당연한 일이었다.

"혹시나 의도가 왜곡될까 무서워서요."

"그러다 말하는 법도 까먹을까 겁난다."

"로렌 님 외의 분들에게는 목소리로 이야기하는걸요. 저는 로렌 님 외의 분들을 대상으로는 텔레파시를 사용하지 못하니까요."

어떤 의미에서 로렌은 스승인 모건 르 페이를 이미 뛰어넘었다고 볼 수 있었다. 지금은 염동력도 로렌이 더욱 능숙하게 잘 쓴다. 작은 돌을 허공에 약간 들어 올리는 정도에 불과하기에 별 의미는 없었지만 말이다.

대신 모건 르 페이는 리콜을 사용할 줄 아니 모든 면에서 로렌이 더욱 뛰어나다고 볼 수는 없었다.

'얼른 리콜을 배워야지.'

로렌은 모건 르 페이에 대한 호승심에 불타며 생각했다.

*　　　*　　　*

점심때가 되어 상점가에도 활기가 돌기 시작했고, 로렌 일행은 나중으로 미뤄두었던 닭튀김 탐방에 본격적으로 나섰다.

"맛있어!"

"맛있어!!"

스칼렛과 멜라니는 둘이 자매인 것처럼 나란히 앉아서 닭튀김을 집어먹으며 똑같은 말을 외치고 있었다. 생긴 건 판이한 주제에 행동은 비슷한 게 보고 있자면 괜히 웃겼다.

그 순간, 로렌은 새로 습득한 텔레파시로 누군가를 놀려줄 수 있겠다는 생각을 했다.

'재미있겠군.'

누굴 상대로 할까, 하다가 거의 넋을 놓고 닭튀김을 먹다시피 하는 멜라니와 눈이 마주쳤다. 입안에 닭튀김을 잔뜩 밀어 넣은 모습이 햄스터 같아서 귀여웠다.

[야, 멜라니.]

별로 생각하고 한 행동은 아니었다. 이유를 찾자면 '그냥 멜라니가 귀여워서' 정도일까.

그 행동은 의외의 결과를 낳았다.

[왜? 로렌.]

멜라니가 아무렇지도 않게 텔레파시로 대답했다. 그녀가 너무 아무렇지도 않게 대답한지라, 로렌은 모건 르 페이랑 대화하던 버릇대로 바로 대답했다.

[그냥, 귀여워서.]

텔레파시로 오가는 메시지는 왜곡 없이 의도대로 전달된다. 멜라니의 얼굴이 화악 달아올랐다. 잘 익은 딸기 같아서 더욱 귀여웠다.

'아니, 이게 아니라.'

생각지도 못했던 일이 일어나는 바람에 생각하는 걸 포기하고 말았다.

[멜라니, 너 정신 능력 쓸 줄 알아?]

[어.]

멜라니는 입안의 음식을 다 씹지도 않은 채, 다음 닭튀김을 입안에 밀어 넣었다. 양 볼은 아직도 붉었다.

그런 게 중요한 게 아니었다.

멜라니가 정신 능력을 사용할 줄 안다는 건 정신 능력에 대해 안다는 뜻이었다. 그리고 정신 능력에 대해 안다면 그걸 다른 사람에게 가르쳐 줄 수도 있을 것이다.

갑작스러운 의외의 일 때문에 제자리에서 뱅글뱅글 돌던 로렌의 사고가 곧 한 가지 결론으로 귀결되었다.

[나 좀 가르쳐 줘!]

상대가 세상 물정 모르는, 외모로만 보면 10살 어린애라도 상관없었다. 정신 연령이 10대 어린애라도 상관없었다. 가르침을 받을 수 있다면 상대가 누구든 무슨 상관이랴.

로렌은 아직도 배가 고팠다. 바로 몇 시간 전까지 드래곤조차 이길 수 있다고 자신하던 그지만, 그는 더 강해지고자 했다.

세계의 멸망을 경험한 로렌은 스스로의 강함이 아직도 부족하다는 것을 통감하고 있었으며, 세계의 멸망을 막기 위해서는 더욱 강력하고 다양한 능력이 필요하다는 것을 잘 알고 있었다.

그 목적을 위해서라면 자존심이나 체면 따윈 값싼 장신구만도 못한 것으로 취급해 마땅했다.

[…좋아.]

멜라니는 슬며시 웃으며 대답해 주었다.

로렌의 배우고자 하는 마음이 텔레파시를 통해 적나라하게 전달된 모양이었다. 로렌은 뒤늦게 좀 부끄러워졌지만, 그렇다고 무르거나 없었던 일로 돌릴 생각 따위는 없었다.

[이거 다 먹고.]

멜라니는 단호하게 말했다. 그 단호함이 텔레파시를 통해 가감 없이 전달되어 왔다. 그것은 누구도 꺾을 수 없는 강력한 의지였다.

로렌도 같은 생각이었다. 지금 당장은 배가 고팠으니 말이다.

*　　　*　　　*

테르마이 시내의 모든 닭튀김을 맛본 후에나, 로렌 일행은 숙소로 돌아왔다.

"이렇게 거나하게 취하다니! 호위로서 완전 실격이로군요!!"

밴쿠버가 붉게 달아오른 얼굴로 한탄했다. 일행 중에 닭튀김보다 맥주를 더 많이 마신 유일한 인물이었다. 그러나 로렌은 그런 밴쿠버를 탓할 생각은 하지 않았다.

'[위기 감지]만 제대로 작동하면 되니까.'

그런 이유였다.

어쨌든 식사를 마친 로렌은 사전에 약속한 대로 멜라니에게서 정신 능력을 배우기로 했다.

"나도!"

스칼렛과 함께 말이다.

두 시간 후.

[로렌, 들려? 로렌!]

[그래, 들려.]

스칼렛은 너무 쉽게 텔레파시를 익혀서 로렌에게 사용하고 있었다. 그제야 로렌은 탈란델이 스칼렛에게 느꼈던 감정을 조금이나마 이해할 수 있었다.

"이것이… 재능의 차."

로렌이라고 진전을 못 본 건 아니었다. 기존에 유효 사거리가 3m 정도밖에 안 되던 텔레파시의 거리를 20m까지 늘렸고, 염동력도 두 배쯤 강해졌다.

멜라니가 굉장히 좋은 스승인 건 아니었다. 텔레파시라는 능력 특성상 의도를 거의 왜곡시키지 않고 의사를 전달할 수 있기에 교습 방법이 좋을 필요는 없었다.

그럼에도 로렌이 멜라니에게서 배움을 얻은 뒤로 빠르게 진전을 본 이유는 단지 모건 르 페이보다 멜라니가 정신 능력에 있어서는 더 우월하기 때문이었다.

정확하게 따지자면 모건 르 페이는 정신 능력자가 아니었다. 그저 마법사와 유대를 맺는 페이로서 정신 능력과 유사한 능력을 몇 개 사용할 수 있을 뿐이었다. 그 유사 정신 능력을 분석해 텔레파시와 염동력을 얻은 로렌이 오히려 괴물이라고 할 수 있었다.

그러나 정작 로렌은 스칼렛이 워낙 빨리 따라붙으니 만족보다 먼저 조급함을 느꼈다.

"아니, 인간 주제에 드래곤의 능력을 이렇게 쉽게 따라 하는 게 더 무서운데."

멜라니의 말에 따르면 정신 능력은 드래곤, 특히 오닉스 드래곤의 특기라고 한다.

"오닉스 드래곤?"

"비늘색이 오닉스라는 보석과 닮아서 지어진 이름이래. 뭐, 난 본 적 없지만."

오닉스는 검은색 보석이다. 그러고 보니 멜라니가 드래곤 상태일 때 그 검은색 비늘은 반짝이는 것처럼도 보였다. 아침 햇살을 받아서 그렇다고 생각했는데, 그냥 멜라니와 그 동족들의 특징인 것 같았다.

"네가 그 오닉스 드래곤이란 거야?"

"적어도 내게 이 능력을 전수해 준 존재는 그렇게 말했어."

멜라니도 확신은 없는 듯 대답했다. 하기야 이제까지는 동족을 본 적도 없으니, 자신이 어떤 종족의 어떤 분파니 하는 것에 관심도 없고, 모르기도 할 것이다. 로렌은 그걸 따지고 들지는 않았다. 그보다 신경 쓰이는 대목이 있었다.

"능력을 전수해 줬다고?"

"응. 내가 알이었을 때, 아직 태어나지 않은 내게 텔레파시로 말을 걸어서 이것저것 가르쳐 줬어. 내가 태어난 후에는 이미 떠나고 없었지만 말이야."

꽤나 흥미로운 이야기였다. 드래곤은 인류에게 있어서 숙적이나 다름없는 존재이다. 세월이 지나면서 전설 속 생물처럼 여겨져 그 이미지가 상당히 희석되기는 했지만, 드래곤의 알을 실제로 목격하고 실존한다는 걸 알고서도 드래곤에게 호의를 갖긴 힘들다.

로렌 하트도 스칼렛이 드래곤인 걸 알고 곧바로 죽였을 정도였다. 로렌도 김진우로서 지구에서의 경험이 없었더라면 스칼렛을 죽이지 않았을 것이란 보장이 없었다.

그런데 아직 태어나지 않은 드래곤의 알에 말을 걸다니. 그것도 텔레파시로.

대체 정체가 뭘까?

'어쩌면 다른 성체 드래곤이 존재할 수도 있겠군.'

굉장히 가능성이 낮은 가설이지만, 완전히 그럴 리 없다고 확언할 정도는 아니었다. 실제로 스칼렛도 멜라니도 지금 여기에 살아 숨 쉬고 있으니 말이다.

"아마 내 부모님은 아닐 거야. 왜냐고 물으면 대답하기 좀 곤란하지만, 아무튼 난 그렇게 생각해."

"그렇군."

본인이 직감적으로 그렇게 느꼈다고 하니, 아마 맞을 것이다.

'그럼 찾아내더라도 죽이는 데 별 부담감은 없겠군.'

스칼렛이나 멜라니는 아직 어린 데다 인간 문명에 상당히 우호적이고, 무엇보다 로렌에게 도움이 되는 존재다. 그러니 죽일 필요가 없지만, 다른 드래곤은 다르다. 만약 인류에게 적대적인 드래곤이 나타난다면 로렌은 가차 없이 죽일 생각이었다.

'정말 존재한다면 인류 의회가 그냥 두고 보지 않았을 텐데.'

로렌은 인류 사회의 그림자 뒤에서 암약하는 죽은 자들의 사회를 잠깐 떠올렸다.

'하긴 그치들은 스칼렛이나 멜라니도 죽이려고 하질 않았지.'

신에 가까운 능력을 휘두른다 한들, 그들이 진짜 신인 건 아니다. 전지전능은커녕 여기 있는 로렌 하나 제대로 죽이지 못할 정도다. 명률법을 다룰 줄 아는 드래곤이라면 인류 의회의 눈을 피해 잘 숨어 다닐 수도 있었다.

'뭐, 다 가설일 뿐이지.'

전부 그냥 망상이길 바라며, 로렌은 픽 웃었다.

57장
세월이 가면

로렌은 레물로스 왕국 전역을 여행 다니며 곳곳의 관광지를 누비고 다녔다. 한 곳에서 일주일 이상 머무는 곳도 있었고, 짧게 쉬고 떠나는 곳도 있었다. 그러다 보니 이동 시간도 합쳐서 1년이 훌쩍 지나갔다.

기본적으로는 관광과 휴양이 목적이었건만, 그 1년간 로렌은 적지 않은 성장을 거듭했다. 승화의 경지에 오른 기사도는 물론이고, 마법으로도 4개째의 마법 서킷을 열었다. 그중에서도 가장 괄목할 만한 성장을 한 능력이라면 역시 정신 능력이었다.

"[블링크(Blink)]."

로렌의 몸이 갑자기 훅 없어졌다가, 15m 떨어진 곳에 나타났다.

다시 나타난 로렌은 몸 여기저기를 주물러 신체 상태를 점검했다.

"괜찮군."

로렌은 입가에 만족한 미소를 띠었다. 처음 [블링크]를 시도하고 실패했을 때는 과장 없이 죽을 뻔했다. 그때 일어난 일은 다음과 같았다.

정신력이 모자랐던 탓에 상반신만 분리해서 이동시켰다.

하반신은 제자리에 남기고.

로렌은 그때의 일을 굳이 회상하려 들지 않았다. 그만큼 끔찍한 꼴을 당한 건 김진우 시절에도 없었다.

한동안 트라우마에 걸려 블링크는 연습도 못 했는데, 이번에 극복하게 된 것이다. 기쁘지 않을 도리가 없었다.

"아니, 애초에 무리한 도전을 안 했으면 좋았을 텐데."

정신 능력에 한해 로렌의 스승인 멜라니가 쓴웃음을 지었다. 그녀의 말이 맞았다. 원래 정신 능력에는 [블링크] 같은 건 없었으니까. 정신 능력으로서의 [블링크]는 사실상 로렌이 개발한 것이나 마찬가지였다.

로렌이 멜라니에게 배운 건 [텔레포테이션(Teleportation)]이었다. 순간 이동이 아닌 공간 이동으로, 사용에 매우 긴 집중 시간과 집중력을 요구하지만 [블링크]보다 훨씬 긴 유효 이동 거리를 확보할 수 있다.

로렌은 지금 1㎞에 달하는 거리를 [텔레포테이션]으로 몇 분 만에 이동할 수 있다.

하지만 로렌이 원한 건 임전 상황에서의 효과적인 능력이었고, 사전 준비 시간과 유효 이동 거리를 희생시켜서라도 단번에 이동 가능한 [블링크]는 이에 부합했다.

로렌을 거의 죽일 뻔했던 암살자 베르나의 [점멸] 능력은 그만큼 로렌을 매료시켰다. 그녀가 사용하는 [점멸]은 인류 의회에게서 축복을 통해 얻어낸 능력으로 정신 능력이 아니었으나, 로렌은 베르나와의 [텔레파시]를 통해 해당 능력을 분석한 후 정신 능력으로 재구성한다는 난제에 도전했다.

그래서 로렌은 무모한 도전에 임했고 거의 죽을 뻔했으나, 몇 개월 만에 겨우 극복하고 자신의 새로운 능력으로 [블링크]를 추가할 수 있게 되었다.

새로 얻은 능력은 [텔레포테이션]과 [블링크]뿐만이 아니었다. [리콜]도 배워서 얻었다. [텔레파시]를 통한 좌표 지정으로 [텔레포테이션]을 응용해 사용할 수 있게 된 능력이지만, 아직까지는 모건 르 페이만을 대상으로 지정할 수 있었다.

정확히는 모건 르 페이를 제외하고 실험 대상이 되어보고자 하는 사람이 없었다. 로렌도 별로 실험해 보고 싶은 마음이 없었고 말이다. [블링크]의 오용으로 허리 아래가 분리되어 본 후론 정신 능력, 특히 이동 계열 능력의 실험에는 조심스러워질 수밖에 없었다.

사실 이제껏 수련한 정신 능력 중에 가장 유용했던 건 텔레파시를 통한 좌표 지정이었다. 인간이나 동물을 대상으로 한 게 아닌, 공간을 대상으로 한 텔레파시. 이 텔레파시를 기점으로 텔레포테이션을 응용해 리콜을 만들어낸 것처럼, 다른 것도 가능했다.

예를 들어 [클레어보이언스(Clairvoyance)], 즉 원견(遠見)으로의 응용. 사실 클레어보이언스라고는 했지만 시각 정보를 얻어내는 게 아니라, 해당 지점에 텔레파시를 뿌려서 환경 정보를 얻는 것에 가깝지만 결과는 같으니 크게 문제는 없었다.

원래는 텔레포테이션으로 이동할 지점이 안전한지 미리 알아보기 위해 고안한 기술이었지만, 로렌은 또 다른 활용 방법을 찾아냈다.

클레어보이언스로 해당 지점의 환경 정보를 얻어낸 후, 그 지점에 염동력을 뿌릴 수 있었다. 텔레포테이션도 가능하니 염동력도 사용할 수 있지 않을까 하는 발상에서 시도해 본 거였는데, 지독히 효율이 좋지 않았지만 가능은 했다.

효율이 좋고 나쁘고는 그리 중요하지도 않았다. 조금이라고 염동력을 사용할 수 있다면, 로렌은 작은 돌이나 비슷한 작은 사물을 움직여 마법진을 그릴 수 있었다. 그렇게 그려낸 마법진에 마력을 전송해 간단한 마법을 사용할 수도 있다.

이 또한 페이와 마법사의 유대 관계를 텔레파시로 분석해 정신 능력으로 재구성한 끝에 만들어낸 콤보였다. 비록 구시대의 마법이 가진 태생적인 한계 때문에 융합 주문이나 강화 주문 등의 응용은 못 하고, 단일 서킷 주문밖에 사용하지 못하지만 그걸로 충분했다.

"말하자면 1㎞의 사정거리를 지닌 화염 폭발이지."

정신 능력과 마법 능력이 융합된 정신 나간 콤보가 가능해졌다. 당하는 사람은 뭐가 어떻게 된 건지 상상도 못 할 원거리 테러를 저지를 수 있다는 뜻이다.

"구시대의 마법에 대해서도 좀 더 연구해야겠군."

마법 서킷을 이용하기 전 시대의 마법진과 마석을 이용한 마법에 대해 좀 더 잘 알게 될수록 이 콤보도 더욱 강력해질 것이다. 물론 이 배움 자체도 마력으로의 치환이 가능할 테니 일석이조였다.

레물로스라는 천 년 고왕국에는 유적이 많았고, 그중에는 옛 마법사의 유적도 없지는 않았다. 그 유적에는 현 시대에는 무의미한 낙서가 되어버린 마법진도 몇 개 있었다. 야시장에 나도는 골동품에도 마법진이 새겨진 게 몇 개 있었고.

인류는 드래곤과의 전투로 마석을 전부 소모해 버렸으니, 마석을 이용한 마법은 완전히 무용지물이 되었다. 그러니 그런 유적이나 유물 또한 그냥 미술품으로나 취급받는 게 전부였다.

당연하게도 로렌은 그 유적들에 방문해 마법진을 전부 베껴왔다. 유물들도 빠짐없이 사들였고 말이다.

페이와의 유대를 통해 마법진에 마력을 공급하는 방법을 알게 된 로렌은 현 시대에 그 유물들을 유효하게 사용할 유일한 인물이나 다름없었다. 즉, 말하자면 오직 로렌에게만 가치 있는 유물들이었다.

지금은 정신 능력을 연구하고 발전시키느라 손을 놓은 상태였지만, 마법진의 유효한 활용 방법을 발견한 이상 그냥 놔둘 생각은 없었다.

"크게 기대는 안 하지만, 뭔가 좀 얻을 수 있으면 좋겠군."

마법이 가장 발전한 시대는 인류 연대의 엘리시온 왕국이 전성기를 누리던 고전 시대였으니 크게 기대가 안 될 만도 했다. 애초에 전격 폭발조차 그 시대에 만들어졌으니 말이다.

로렌은 레물로스 왕국을 여행하면서 마법진에 관련된 유물만 사들인 게 아니라 페이가 갇혀 있을지도 모르는 고치도 사들이고 그랑 드워프의 유물도 사들였다. 1년 동안 레물로스 곳곳을 빠짐없이 돌아다니며 사들인 터라 그 양만 해도 엄청났다.

가지고 움직이기엔 지나치게 많은 양인지라 로렌은 새 근거지로 정한 브뤼델의 저택에 그걸 전부 옮겨놓았다. 다르키아 왕국을 장악한 로하트 그룹도 로렌의 명령에 따라 왕국 내의 유물들을 사들여 쌓아놓고 있으니, 그 양이 이미 저택의 창고 세 개를 가득가득 채웠다고 한다.

이번 여행을 마치고 돌아가게 되면 한동안은 저택에 틀어박혀 있어야 할 것 같았다.

* * *

사실 요 1년간도 완전히 평화롭지만은 않았다.

그동안 레물로스 왕국에서는 두 번의 내전이 일어났다.

첫 번째 내전은 다르키아 왕국과의 전쟁으로 인한 배상금이 부담스러웠던지 왕국 남방의 영주들 몇몇이 연합을 맺어 독립을 시도한 독립 전쟁이었다.

독립을 선언한 반란군 놈들은 만약 전쟁에서 승리했더라면 그 승리의 열매는 욕심껏 취했을 놈들이었다. '달면 삼키고 쓰면 뱉는다'는 이럴 때 쓰라고 있는 격언이었으리라.

다르키아 침략 전쟁의 실패로 인해 레물로스 왕국군은 상당히 약해져 있었고, 그에 비해 남방의 영주들은 전쟁의 피해를 거의 받지 않은 것이나 다름없었다. 그냥 내버려 두었으면 그들의 독립은 성공했으리라.

애초에 조공을 바치기 싫다고 독립해 나간 놈들이다. 레물로스 왕국의 왕실은 당연하게 다르키아 왕국의 도움을 요청했고, 다르키아 왕국은 흔쾌히 하늘을 나는 방주와 궁정 마법사들을 지원해 주었다.

남방 영주들은 꽤 격렬히 저항했지만 다르키아 왕국의 무력에 의해 반란은 진압되었다.

겉으로 보기에는 그랬고, 실상은 괴뢰국인 레물로스 왕국의 실세인 로렌이 혼자 힘으로 해결한 것이나 마찬가지였다. 이 반란을 진압하는 데는 로렌으로서도 꽤 많은 돈과 시간을 소모해야 했으므로, 로렌은 반란군으로 하여금 그 대가를 톡톡히 치르도록 했다.

남방 영주들을 제압한 후 모든 영토를 차압하고 왕실 직할령으로 만들어 버린 것이 그 대가였다. 말이 왕실 직할령이지, 사실상은 왕실의 실세인 로렌의 소유나 다름없어졌다.

그렇다고 로렌은 크게 욕심을 부리지는 않았고, 정치적으로는 왕실이 알아서 하도록 내버려 두었다. 경제적으로는 남방 영토에 로렌 소유의 기업 집단인 로하트 그룹이 영향력을 발휘할 수 있게 왕실의 지원을 부탁했지만 말이다. 그리고 왕실은 로렌의 부탁을 알아서 잘 들어주었다.

두 번째 내전은 첫 번째 내전의 결과에 의해 왕실의 힘이 지나치게 강해지는 것을 경계한 영주들이 왕을 시해하고 레물로스 왕국을 영주 연합국으로 돌리려고 시도했던 것이 발단이 되어 일어났다.

반란군의 시도는 거의 성공했다. 왕의 생일을 축하한다는 명목으로 수도 롬투로에 입성한 영주들이 직접 칼을 휘둘러 왕을 죽여 버렸으니까.

그러나 반란군은 정작 중요한 옥새를 찾아내지 못했다.

왕국에서 영주 연합국으로 전환하려면 대외적인 인정을 받아야 하고, 그러려면 누구나가 인정할 수 있는 절차를 밟아야 했는데 그 절차에 옥새는 필수적이었다. 레물로스 왕국의 모든 공식 문서에는 옥새의 인이 찍혀야 했으니까 말이다.

문제는 옥새를 들고 있는 게 로렌이었다는 점이었다. 아무리 궁전을 뒤져봐야 옥새를 찾아낼 수 있을 리 없었다.

목적을 이룰 수 없음을 알게 된 반란군은 점차 구심점을 잃고 흐트러지기 시작했고, 로렌은 그 틈을 놓치지 않았다. 왕의 어린 조카를 다음 왕으로 내세우고 레물로스 왕국의 친위대를 움직여 왕을 죽인 시해범들을 싹 죽여 없앴다.

사실 친위대를 움직인 건 명분을 위해서였고, 실상은 로렌이 혼자 해치운 것이나 다름없었다. 쿠데타 군의 수뇌부를 처치하는 것만으로 사태를 해결할 수 있었기에, 로렌이 직접 움직이는 것이 가장 적절했다.

리처드 남작도 아닌 영주 나부랭이들이 로렌을 상대로 해서 무력으로 뭘 어떻게 할 수 있을 리가 없었고, 그들의 목을 싹 다 날린 로렌은 반란에 가담한 영주들의 영지를 모조리 몰수하고 국가에 귀속시켰다.

그 조처에 반발이 없었던 건 아니지만, 모든 명분이 왕실 측에 있었다. 다르키아 왕국이 레물로스의 새 왕의 즉위에 축하 서한을 공식적으로 발송했고, 이 시점에서 다른 세력은 무력으로조차 반발하는 것이 불가능해졌다.

결국 반란에 가담하지 않은 몇몇 대영주를 제외하고는 다르키아 왕국보다도 먼저 레물로스 왕국이 중앙집권에 성공한 셈이 되어버리고 말았다.

그리고 새로운 레물로스 왕의 실질적인 섭정은 바로 로렌이었고, 즉 그 강력한 왕권이 바로 로렌의 것이나 다름없었다.

'나중에야 어떻게 될지 모르지만.'

결과론적으로는 라핀젤 자작령에 집착하지 않고 레물로스 왕국으로 온 게 더 잘된 셈이 되고 말았다.

*　　　*　　　*

로렌이 레물로스 왕국 전역을 장악한 것은 또 다른 결과로 이어졌다.

용의 연대 말기까지 이 대륙 북부 지역 전체가 그랑 드워프의 세력권이었다. 용의 연대에 실질적인 지배자는 드래곤 왕들이었으니, 세력권이란 말은 약간 어폐가 있긴 하지만 말이다.

어쨌든 드래곤 왕들이 지배하는 시대를 뒤엎기 위해 반역을 선언한 그랑 드워프들은 북부 지역 전역에 은신처를 만들어놓았는데, 그것이 현대에 발굴되는 그랑 드워프의 유적들이었다.

그런 그랑 드워프의 유적은 다르키아 왕국에만 있었던 게 아니다. 또 다른 세력권인 레물로스 왕국에도 유적이 여러 곳 남아 있었고, 현대까지도 발굴되지 않고 봉인된 채 남은 유적이 세 곳이나 있었다.

로렌은 그 세 곳 모두의 소유권을 가져왔다. 그리고 봉인된 유적을 여는 역할은 당연히 탈란델의 것이었다.

다행히 탈란델은 루시아 대공령에 위치한 유적의 해석을 끝내 새로 얻은 각인기예의 상격으로 레물로스 왕국에서 발굴된 유적 중 하나의 문을 열 수 있었다.

"남의 나라 유적을 이렇게 쉽게 얻다니. 믿어지질 않는군."

봉인된 유적의 문을 열며, 탈란델은 뿌듯하게 말했다.

"쉽지 않았어. 고생은 내가 다 했지."

탈란델의 말에 로렌이 뚱하니 대답했다.

"완전 죽 쒀서 탈란델 주는 꼴이로군."

"뭐야, 그거? 왠지 기분 나쁜데?"

로렌이 툴툴거리는 소릴 들으며 탈란델이 웃었다. 말하는 거랑은 완전히 다른 표정이었다.

"다 해석한 다음에 자네에게도 알려줄 테니 너무 그렇게 성급하게 굴지 말게. 자네도 할 일이 많다고 하지 않았나?"

"그래도 자네가 너무 좋아하니 내 기분이 안 좋군."

이어진 로렌의 말에 탈란델은 숫제 껄껄 웃어 제치기 시작했다.

탈란델이 다소 까칠한 로렌의 말을 웃어넘기는 것에도 다 이유가 있었다. 레물로스 왕국에는 지금 연구 중인 유적 말고도 그랑 드워프의 유적이 두 군데나 더 있었다. 탈란델의 입이 벌어지다 못해 찢어졌다고 해도 로렌은 전혀 이상하게 여기지 않았을 것이다.

어쨌든 이런 대화를 나눈 것이 6개월 전의 일이었다.

그리고 6개월이 지난 지금.

"회장님께 제 스승님, 탈란델의 말씀을 전합니다."

탈란델의 새 제자 중 한 명인 토론토가 로렌을 찾아와 말했다.

회장이란 건 로렌을 뜻한다. 로렌은 수석 궁정 마법사직도 내려놓았고, 여긴 레물로스 왕국인지라 호국경이란 호칭도 껄끄럽다. 로렌은 로하트 그룹의 회장 신분으로 란체 드워프 용병들을 고용하고 있었으므로 토론토도 회장님이라 부르는 것이다.

"다 끝났다… 고 전하라고 하시더군요."

"벌써?!"

"다 제 덕분이죠. 제가 수제자로서 말입니다, 얼마나 활약했는지 들으시면 아마 놀라실 겁니다."

란체 드워프 용병단 '백합' 출신의 토론토는 긴 수염을 쓰다듬으며 자기 자랑을 시작하려고 했다. 로렌의 여행에 따라온 밴쿠버는 물론이고 퀘벡과 몬트리올마저도 제치고 실력주의의 탈란델 아래서 제1수제자의 자리를 꿰어 찬 건 일개 백부장이었던 토론토였다.

당연하게도 토론토의 자기 자랑을 길게 들어줄 마음이 없었던 로렌은 그의 말을 단호하게 끊고 물었다.

"지금 탈란델은 어디 있지?"

"레물로스 제3유적에 있습니다만……."

토론토는 명백히 실망한 표정으로 주저주저 대답했다. 자랑을 못 해 한이 서린 것 같은 반응이었다. 하긴 주변의 라이벌들이 퀘벡이나 몬트리올 같은 쟁쟁한 전직 용병대장들이다. 그것도 옛 상관들이었으니 어디 가서 자랑하기도 힘들었으리라.

그렇다고 로렌이 그런 토론토의 사정을 봐줄 이유는 없었다.

"흠, 내가 거기 어딘지 알지."

로렌은 텔레포테이션을 사용해 바로 토론토가 말한 레물로스 제3유적으로 이동했다. 당연히 토론토는 함께 이동하지 않고 그 자리에 놔둔 채 혼자 이동했다.

"뭐야, 로렌! 그건 또 새로운 마법인가?"

텔레포테이션으로 나타난 로렌을 보고 탈란델이 놀란 듯 눈을 크게 떴다. 하지만 로렌은 그의 질문에 대답하지 않았다.

"자네가 보낸 제자의 이야기를 듣고 왔어. 다 끝났다며?"

"그래, 다 끝냈네."

그렇게 말하는 탈란델의 표정은 의외로 침울했다.

"그런데 표정이 왜 그런가?"

"별건 아닐세. 그저 슬픈 예감… 확신에 가까운 예감이 들었거든."

"그게 뭐지?"

"그랑 드워프가 남긴 각인기예의 상격은 이걸로 끝일 것 같네."

탈란델의 논리는 다음과 같았다.

로렌이 처음 찾아낸 방주의 유적에서는 금강의 격에 대한 힌트가 발견되었고, 그 금강의 격이 다음에 찾아낸 구 발레리에 대공령의 첫 번째 유적을 여는 열쇠가 되었다.

구 발레리에 대공령에서 발견된 천수의 격은 두 번째 유적을 여는 열쇠가 되었고, 두 번째 유적에서 발견된 진관의 격은 루시아 대공령의 유적을 여는 열쇠가 되었다.

즉, 각 유적에서 발견된 상격의 힌트는 다음 유적을 여는 열쇠가 되어왔다. 탈란델은 레물로스 왕국에서 발견된 세 개의 유적 또한 순서대로 열어왔다.

그런데 레물로스 제3유적에서 발견된 각인기예의 상격이 로렌이 가장 먼저 찾아냈던 방주의 유적 문을 여는 열쇠로 기능한다고 한다. 이 의미는 무엇인가?

"즉, 순환 구조가 된 걸세."

탈란델은 침울하게 말했다.

"이렇게 순환 구조가 확립되어 원이 이뤄졌으니, 다음 그랑 드워프의 유적은 존재하지 않거나 적어도 다른 상격의 힌트는 기록되어 있지는 않을 거라는 게 내 추측일세. 틀렸으면 하는 추측이네만 틀릴 것 같지가 않군."

로렌은 헛웃음을 터뜨렸다.

"그 커다란 배가 욕심으로 단단히 들어찬 것 같군! 그랑 드워프의 각인기예 상격을 일곱 개나 배워놓고서도 아직도 모자라단 말인가?"

"당연하지! 날 누구라고 생각하나? 난 드워프일세! 욕심이 많은 종족이지! 그리고 나는 아직 배가 고프다네!!"

탈란델은 당당하게도 말했다. 뻔뻔함도 이쯤 되니 멋있어 보이기까지 했다.

"어쨌든 약속한 대로 일곱 상격에 대해서 다 전수하도록 하지. 뭐, 얻어낸 건 상격뿐만이 아니라 희소 각인들도 있으니 그것도 전수하고."

거기까지 말한 탈란델의 표정이 갑자기 일그러졌다.

"당연하게도 유물은 전부 다 자네 소유일세! 젠장, 유적 세 개에 눈이 멀어서 이런 불평등 계약을 맺다니!! 어차피 나 말곤 열지도 못하는데!!"

그런 탈란델의 폭언에 로렌은 뚱하니 대꾸했다.

"아니, 그건 계약할 때도 이야기했지만 스칼렛을 시켜도 될 일이었어. 그저 자네가 더 잘하니 자네하고 계약한 거지. 지금 와서 불평등 계약은 무슨……."

"그, 그건 그렇군."

탈란델은 할 말이 없는 듯 입맛을 쩝쩝 다셨다.

지금 와서 레물로스의 유적들에서 발굴된 유물 몇 개가 탐이 나는 모양이었다. 견물생심이라, 드워프의 피는 어쩔 수 없는 것 같았다.

"하는 수 없군."

로렌이 한숨을 내쉬며 한 혼잣말에, 탈란델의 얼굴이 확 폈다.

"뭐? 유물 몇 갤 내게 줄 텐가?"

"아니, 싸게 팔아주도록 하지."

로렌의 대답에 탈란델의 기분은 그대로 곤두박질쳤다. 얼마나 실망이 컸는지 머리를 흔들며 헛소릴 할 정도였다.

"고오얀!"

"뭐?"

"아무것도 아닙니다! 예, 예. 제발 팔아주십쇼!!"

탈란델은 로렌에게 아예 높임말을 썼다. 돈을 주고 사고서라도 갖고 싶을 정도로 유물이 탐이 나긴 나는 모양이었다.

둘은 서로를 마주 보면서 껄껄껄 웃었다. 뭐가 어찌 됐든 둘의 관계는 서로 이득 보는 관계였다. 둘 모두 눈앞의 이득이나 당장의 감정 때문에 관계를 그르칠 정도로 어리석지는 않았다.

*　　　*　　　*

탈란델이 그랑 드워프의 유적에서 발견한 각인기예의 상격은 다음과 같았다.

1. 금강의 격

2. 천수의 격

3. 진관의 격

이렇게 세 개의 상격은 로렌도 그 존재를 알고 있었다. 이

중에 로렌이 배운 건 금강의 격과 천수의 격이었다.

4. 재생의 격

루시아 대공령에서 탈란델이 새로 얻어낸 상격이다.

5. 창조의 격
6. 유지의 격
7. 파괴의 격

레물로스 왕국에서 세 개의 유적을 옮으로써 얻은 상격이다.

탈란델은 이렇게 일곱의 상격을 전부 연구해 냈지만, 사실 탈란델도 이들 상격을 완전히 습득해 낸 것은 아니었다.

"그저 힌트를 해석해 내고 문을 열 수 있을 정도로만 겉핥기로 체득한 정도에 불과하네. 자네에게 가르쳐 줄 수 있는 건 지금 당장은 재생의 격에 불과하겠군."

"정말로? 가르쳐 주는 게 아까워서 속이는 것은 아니겠지?"

로렌은 의심스러워 눈을 가늘게 뜨고 탈란델을 노려보았다. 그러자 탈란델이 버럭 화를 내며 외쳤다.

"드워프는 욕심은 많아도 거짓말은 하지 않아!"

"하지만 스칼렛은 속였잖아."

"그 아이에겐 그저 제대로 말을 안 했을 뿐이라네. 거짓말을 한 건 아니지."

뭐가 이렇게 당당한 건지, 로렌은 기가 찼다. 그러나 그런 로렌의 반응에 오히려 탈란델 쪽이 혀를 끌끌 찼다.

"어차피 아직 천수의 격와 진관의 격도 못 얻었을 텐데, 왜 그렇게 욕심을 부리나?"

"천수의 격은 얻었어."

"뭐라? 무슨 수로?"

"어쩌다 보니."

지금은 탈란델의 제자인 몬트리올의 '주물'을 보고 얻은 힌트 덕에 천수의 격을 얻게 되었지만, 그러고 보니 로렌은 물론이고 스칼렛이나 몬트리올도 탈란델에게 그 사실을 알려주지 않았다.

"허… 그렇군. 대단하네, 그려."

"바로 진관의 격을 배우도록 하지."

로렌도 따로 할 일이 많았다. 당장 저택에 쌓여 있는 유물들을 연구해야 하기 때문이었다. 로렌의 육체적 나이가 아직 10대라지만, 대체 몇 년이 걸릴지 모를 연구 재료들을 보자면 시간이 아까울 수밖에 없었다.

*　　　*　　　*

다음 날.

"알았다!"

"뭐, 벌써?!"

진관의 격은 로렌이 이미 정신 능력으로 손에 넣은 클레어보이언스와 닮은 점이 많았다. 이날을 위해 순수한 각인의 힘도 많이 쌓아두기도 했고, 스칼렛과 진관의 격에 대해 대화도 나눠보았다.

하루 만에 손에 넣은 능력이지만, 정말로 하루 만에 손에 넣은 건 아닌 셈이다.

하지만 그걸 모르는 탈란델은 손끝을 부들부들 떨어가며 로렌을 노려보았다.

"무서운 재능……!"

"그런 거 아니야."

로렌은 손을 내저으며 말했지만 기분이 나쁘진 않았다. 오히려 좋았다.

하지만 이대로 내버려 두면 탈란델이 열등감 때문에 제대로 가르쳐 줄 것 같지 않아서 빨리 배울 수 있었던 비결에 대해 다 말해주었다.

"그럼 그렇지!"

설명을 듣고 난 탈란델은 다시 기분이 좋아져 껄껄껄 웃었다.

"그 정신 능력이라는 거 꽤 흥미롭군. 내가 일곱의 상격을 전부 습득하고 나면 한번 배워봐도 재미있겠는데?"

"분명 상격의 연구에 인생을 바치겠다고 했던 것 같은데."

"인생을 바치기 전에 연구가 끝나 버리면 말일세!"

아마 그런 일은 일어나지 않을 것이다. 그러니 농담이겠지. 로렌은 그렇게 생각했고, 탈란델도 같은 생각인 듯했다. 두 사람은 서로를 마주 보고 웃었다.

"좋아, 그날이 되면 내가 직접 자네에게 정신 능력에 대해 가르쳐 주기로 하지."

"내게서 일곱 상격을 다 배운 뒤에 말인가?"

"그거야 당연한 거 아니겠는가!"

*　　　　*　　　　*

당연하게도 재생의 격을 얻는 데는 시간이 걸렸다.

"생각할수록 선조들은 대단하다니까."

지지부진한 진도에 스트레스와 피로가 쌓인 로렌과 탈란델은 술을 마시러 나왔다.

"각인의 힘도 시간이 지나면서 회복되도록 만들다니. 말도 안 되지. 하지만 우리가 가진 이 정화의 물통이 그걸 확인시켜 주고 있어."

로렌이 가장 처음 손에 넣었던 그랑 드워프의 유물 중 하나인 물통은 얻었을 당시에는 그 대단함을 몰랐으나, 지금 와서 다시 보면 각인기예의 극의가 담긴 보물 중 하나였다. 그저 몸에 가까이 두고 쓰는 생필품인데다 대량생산품인지라 그 가치를 몰라보았을 뿐이었다.

정화의 물통에 새겨진 정화의 각인도 당연히 각인의 힘을 담아 새긴 것이며, 정화를 할 때마다 각인의 힘을 소모한다. 그러니 이 정화의 물통도 언젠가는 그 힘을 다해 고물이 되어버리는 것이 오히려 자연스러운 물건이었다.

그런데 정화의 물통은 방치해 두면 다시 각인의 힘을 회복해 또 물을 정수할 수 있게 된다. 무제한에 가까운 정수가 가능한 데다, 천 년 이상씩 흘렀는데도 효과가 전혀 변하지 않았다. 지구의 정수기도 필터를 주기적으로 갈아줘야 하건만, 신기한 일이 아닐 수 없었다.

이런 말도 안 되는 일이 가능한 것은 정화의 물통에 새겨진 정화의 각인이 유지의 격을 얻은 각인기예 장인에 의해 새겨진 덕택이라고 탈란델은 말했다.

"마치 이심에 공력이 모여드는 것 같군."

"그래, 맞아."

로렌과 기사도 이야기를 나누었기에, 탈란델은 기사도에 큰 조예가 없음에도 로렌의 말을 알아들었다.

"하지만 이건 생물이 아니지. 심장이 없어. 그래도 각인의 힘을 모아들이는 걸세."

탈란델은 이미 술에 거나하게 취했다. 같은 이야기를 반복하고 있었다.

"흠."

로렌은 가슴께에 오른손을 대고 왼손 검지로 탈란델을 푹 찔렀다.

"우아아악! 억! 야! 무슨 짓이야!!"

"자네가 너무 취해서."

로렌은 울부짖는 탈란델을 보며 큭큭큭 웃었다.

"자네한테 손가락으로 찔릴 때마다 술이 확 깬다니까. 대체 무슨 수를 쓴 건지 모르겠지만 그만두게. 술은 취하려고 마시는 거라고."

탈란델은 툴툴거리며 다시 술잔을 집어 들었지만, 로렌은 술병을 빼앗아 들며 말했다.

"아니, 취하면 곤란하지. 피로도 다 풀렸겠다, 스트레스도 다 풀렸겠다. 다시 교육을 시작하자고, 탈란델."

로렌이 탈란델에게 한 짓은 바로 엘리시온의 경이가 발

하는 힘을 전달하는 것이었다. 가슴께에 오른손을 댄 건 엘리시온의 경이 파편을 작동시키기 위해 필요한 동작이었다.

인간 로렌의 모습으로 엘프밖에 사용할 수 없었던 엘리시온의 경이 조각을 사용할 수 있었던 건, 로렌이 자신의 오른쪽 가슴과 심장만을 엘프로 바꿨기 때문이었다. 연습 끝에 가능해진 곡예였다. 오로지 엘리시온의 경이를 사용하기 위해서만 한 연습이었다.

'그 연습 덕에 명률법을 더 능숙하게 쓸 수 있게 되었지.'

스칼렛에게서 전수받은 명률법은 유용하긴 했으나 직접적인 '힘'에는 연결되지 않을 것 같다는 생각에 그간 수련을 허술히 했었다. 그저 스칼렛에게서 다른 존재들의 이름을 배우는 것이 전부였고, 그조차 마력 확보를 위한 배움에 불과했다.

그러나 지금은 생각이 조금 달라졌다. 정확히는 작년에 엘리시온의 경이 조각을 얻고 올해 들어 이런 식으로 사용할 수 있게 된 후부터였다.

'명률법에는 더 큰 가능성이 있어.'

인류 의회의 에카테리나와 대화하면서, 로렌은 현생 인류가 어떻게 분화되었는지에 대해 들었다. 본래 한 종족이었던 인류를 지배하고 자신을 믿는 신자에게 축복함으로써 능력을 부여한 신들의 이야기. 지금은 존재하지 않는 신들이지만, 그 신들이 내렸던 축복의 편린은 이 세계 곳곳에 남아 있다.

예를 들어 마법을 다루는 것에 특화된 로어 엘프.

예를 들어 각인기예를 다루는 것에 특화된 란츠 드워프.

'그 외에도 많겠지.'

그리고 명률법은 그들 종족의 모습으로 변하는 것에 그치지 않고, 종족의 특성까지 따오는 것이 가능하다. 즉, 지금은 잊힌 옛 신이 그 종족에게 내린 축복을 갈취할 수 있었다.

'명률법의 숙련도가 오를수록 더 본질적으로 변화할 수 있어.'

각인의 힘을 모을 때는 드워프로, 배움에서 마력을 추출할 때는 엘프로. 명률법으로 자신의 종족을 바꿈으로써 힘을 얻는 효율을 높이고 더 빠른 성장을 기대할 수 있다.

'기대되는군.'

로렌은 미소 지었다.

"쳇, 어쩔 수 없지. 자, 다시 수업을 시작하겠네."

로렌의 상념을 탈란델이 끊었다. 그러라고 써준 엘리시온의 경이였다. 로렌은 조금 전에 지은 미소를 지우지 않은 채 고개를 끄덕였다.

*　　　*　　　*

아무리 그래도 로렌이 각인기예에만 매달리고 있을 수는 없었다. 탈란델 또한 로렌에게만 매달리고 있을 수는 없었고 말이다. 탈란델도 다음 상격을 완전히 이해하고 분석하고 습득할 시간을 필요로 했고, 로렌도 다른 능력에 대해 탐구하고 연구할 시간을 필요로 했다.

"오랜만이로군, 로렌. 1년 만인가?"

"조금 더 지났습니다, 리처드 남작님. 멀리 발걸음하게 해서 죄송하군요."

아무리 로렌이 텔레포테이션을 익힌 정신 능력자에 스칼렛을 통한 고속 비행 이동이 가능하다고는 해도 여긴 레물로스 왕국이었고, 아직 레물로스 왕국에서의 업무가 완전히 끝난 것도 아니었으며, 탈란델도 레물로스 제3유적에 머물고 있는 이상 기사도를 배우자고 다르키아 왕국에서도 서쪽 변경 지역에 위치한 리처드 남작령이나 그레고리 남작령까지 가는 건 너무 부담스러웠다.

그래서 로렌은 리처드 남작을 불렀다.

"호국경 각하께서 부르시는데 와야지."

리처드 남작은 쾌활하게 말했다. 정말로 긴 여행이었을

터였는데도 여기까지 발걸음을 해주다니, 고마울 따름이었다.

물론 리처드 남작이 오로지 로렌만 보자고 두 달에 걸쳐 레물로스 왕국까지 온 건 아니었다. 그에게도 다른 업무가 있었다.

다르키아 14세는 전임 수석 궁정 마법사였던 디셈버 백작의 조언을 받아들이고 다르키아 왕국의 중앙집권화를 위한 단계를 착착 밟아나가는 중이었다. 그리고 그 일환으로서, 리처드 남작을 왕국 제1검으로 임명하고 그를 왕궁으로 불러들였다.

애초부터 자신이 영주 역할에 큰 자질이 없다고 생각하던 리처드 남작은 왕실의 부름에 쾌히 응답했다. 이로써 다르키아 14세는 200년 만에 친위기사단을 재조직하는 데 성공했다.

이는 왕실의 강력해진 왕권을 상징하는 사례로서 역사에 남으리라. 원래대로라면 왕실 마법사청 외의 무력 집단을 소유할 수 없었던 국왕이 새로운 힘을 손에 넣은 것이니 말이다.

어쨌든 그렇게 왕국 제1검으로 임명된 리처드 남작의 첫 국외 일정이 레물로스 왕국에의 방문이었다. 누구도 쉬이 건드리지 못할, 전례 없을 정도로 강력한 특사였다. 호위도 없이 혼자 가겠다고 해도 아무도 별말 못 할 정도로 말이다.

그리고 실제로 리처드 남작은 레물로스 국왕과의 회견을 혼자서 아무 일 없이 잘 마치고 돌아오는 길이었다. 그 도중에 로렌에게 들른 것이다.

"그보다 이제 나한테 높임말 쓰지 마. 호국경 각하께 존대를 받다니, 소름이 다 돋는군."

"호국경인 건 디셈버지, 제가 아닙니다만."

로렌은 리처드 남작을 보면서 침을 꿀꺽 삼켰다. 이 남자, 작년보다 더 강해져 있었다. 딱 보면 알았다. 승화의 경지에 올라 쪼그라들었던 근육이 어느새 다시 불끈 솟아올라 있었고, 딱 보기에도 공력의 양이 두 배로 늘었다.

이런 리처드 남작의 변화를 설명할 수 있는 단어는 딱 하나뿐이었다.

'이 괴물! 탈각의 경지를 한 번 더 밟았어!'

바투르크를 비롯한 오크 기사들도 10년을 걸려서도 못 올랐다던 탈각의 경지를 1년 만에 한 번 더 이루다니.

'작년에도 승화의 경지에 오르기 전에 한 번 탈각했으니, 1년에 한 번 꼴이로군.'

어쩌면 쿼터 오크가 순혈 오크보다도 기사도 단련에는 더 좋은 것일지도 모르겠다고 로렌은 내심 생각했다.

"그것 그렇고, 또 강해졌군. 로렌, 이 괴물 같은 놈."

리처드 남작도 로렌을 보며 탄식처럼 말했다.

"그건… 승화의 경지로군."

"맞습니다. 남작께서도 더 강해지셨군요."

"높임말 쓰지 말라니까."

"흠, 제 마음입니다."

혹시나 생길지 모를 오만을 경계한다든가, 그런 적당히 괜찮아 보이는 이유를 늘어놓을 생각은 애초부터 없었다. 그럴 거면 처음부터 바투르크나 탈란델에게도 높임말을 써야 했으니까 모순이기도 했다.

'그냥 지금 와서 말투를 바꾸는 게 귀찮은 거지.'

바투르크를 상대로야 휘하의 기사고 로렌이 직접 명령을 내려야 하는 입장이니 말투를 바꿨지만, 탈란델에게 계속 반말을 쓰는 이유와 리처드 남작에게 계속 높임말을 쓰는 이유는 완전히 같았다.

"…그렇다면야 어쩔 수 없군."

로렌이 너무 툭 터놓고 나오니, 리처드 남작도 더 이상 강권을 할 생각은 없어 보였다. 로렌이 리처드 남작에게 명령을 할 권한이 없듯, 반대도 마찬가지였으니 당연한 일이기도 했다.

"그럼 로렌 각하, 오랜만에 한번, 어떻습니까?"

리처드 남작은 로렌을 향해 주먹을 내밀었다. 아보가르도류 기사도 박투술 대련의 자세였다. 로렌은 같은 자세를 취하며 그의 말에 대꾸해 주었다.

"아니, 그렇다고 남작께서 저한테 높임말을 쓰시면 어쩝니까?"

"꼬우면 너도 반말 쓰던가? 나랑 친구 먹자!"

"아, 진짜!"

리처드 남작이 이렇게 유치하게 나올 줄 몰랐던 로렌은 혀를 차면서도 웃었다.

"그럼 간다!"

"와라!"

* * *

간만에 하는 아보가르도류 박투술 훈련이라 그런지, 가볍게 한다는 게 그만 하루 종일 맞붙고 말았다. 여기서 하루 종일은 말 그대로 하루 종일로, 리처드 남작과 로렌은 만 하루를 채워서 주먹으로 맞붙고 말았다.

둘 모두 승화의 경지에 올랐기에 가능한 짓이었다. 크고 작은 생채기는 재생 능력으로 자동으로 회복되고, 숨만 쉬어도 이심에는 공력이 쌓이며, 그 공력으로 근육에 쌓인 피로를 풀 수 있었기에 하루 내내 쉬지 않고 주먹을 휘둘러댈 수 있었다.

"식사까지 걸러 가면서 할 짓은 아니었어, 이거."

리처드 남작이 툴툴거렸다. 점심 좀 지난 오후에 만나서 훈련을 시작하고, 그대로 쉬지 않고 그 다음 날 해가 지는 걸 보고 있으려니 확실히 좀 그렇긴 했다.

"시작할 때는 너야말로 정신없이 달려들었으면서."

"그래, 이제야 반말이 좀 입에 붙는군."

로렌의 대꾸에 리처드 남작이 키득거렸다. 그의 반응에 로렌은 손을 내저으며 말했다.

"이제 밥이나 먹으러 가자!"

*　　　*　　　*

"네 공력은 이상하군."

로렌과 리처드 남작, 둘 모두 말없이 닭튀김을 뜯어먹고 맥주를 마시길 몇십 분. 맥주 조끼를 테이블에 내려치듯 내려놓으며 리처드 남작이 말했다.

"이상하게 뜨거워."

"이상하게 뜨겁다고?"

로렌은 자신의 공력이 리처드 남작의 공력보다 뜨겁다는

것을 직접 주먹을 맞대보고 알았다.

로렌으로서는 그동안 이 뜨거운 공력이야말로 자신이 승화의 경지에 오른 증거라고 믿어왔었는데, 자신보다 먼저 승화의 경지에 오른 리처드 남작의 공력과는 차이가 있으니 그로서도 혼란을 느낄 수밖에 없었다.

"그래, 이상하게."

리처드 남작은 그런 로렌의 혼란을 확실한 것으로 만들었다.

"네가 승화의 경지에 오른 것은 확실해. 그건 내가 보증해 주지. 하지만 넌 그 이상의 무언가를 이뤄 버린 것 같군."

"그 이상의 무언가라……."

"너도 알고 있겠지만, 이심이라는 신체 기관은 실존하지 않아. 그저 그곳에 공력이 모여들고, 그곳을 기점으로 전신에 공력을 뿜어내기에 이심이라 칭한 것뿐이지. 기실 이심은 그저 공력의 웅덩이일 뿐이야."

로렌은 조용히 고개를 끄덕이며 이어질 말을 기다렸다.

"그런데 이심에서 뿜어져 나오는 공력이 뜨겁다니……. 이 현상은 이심이 네 공력을 달궈서 일어난 게 아니라, 네 공력의 성질 자체가 뜨겁게 바뀌어 버렸기에 일어난 거야."

"그렇군……. 이심에 이상이 생겨서 공력이 뜨거워진 게 아니라, 그저 이심에 공력이 응축되어 있기에 뜨겁게 느껴지는 것뿐이란 소리군."

"맞아, 정확해. 이해력 좋네. 누가 마법사 아니랄까 봐."

리처드 남작은 미소 지으며 말했다.

"그래서 나쁜 건 아니지?"

"말했잖아."

웨이트리스가 말도 없이 가져온 새 맥주 조끼를 들어 단번에 마셔 없앤 후, 리처드 남작은 그제야 이어서 말했다.

"넌 새 경지에 오른 거야."

"아니, 그런 말은 한 적 없는데?"

이 인간이 벌써 취한 건가? 로렌은 생각했지만, 리처드 남작은 들은 척도 않고 계속 지껄였다.

"내가 승화의 경지라는 이름을 지었듯, 너도 네가 오른 신경지에 이름을 지어줘야 해."

맥주로 가득 찬 새 조끼가 테이블 위에 올려졌다. 그 조끼에 망설임 없이 손을 내뻗으며, 리처드 남작은 말했다.

"여기 맛있군. 특히 이 닭이 맛있어."

"그렇지?"

사실 이 가게는 로렌의 소유였다. 로렌은 이 가게에서 만든 새로운 메뉴, 양념치킨을 레물로스 왕국은 물론이고 다르키아 왕국에도, 이어서는 이 대륙 전체에 팔아먹을 생각이었다.

물론 파는 건 로렌이 아니라 로렌 휘하의 하이어드들, 그리고 그들이 운영하는 체인점 직원들이 될 테지만 말이다.

양념치킨을 팔아먹음으로써 인류 의회의 지구 출신 의원들에게 자신의 출신지나 내력이 밝혀질지도 모른다는 생각도 했었지만, 예카테리나를 넌지시 떠본 결과 그 걱정은 기우로 돌아갔다.

로렌 하트가 죽어 지구의 김진우로 환생하는 건 200년 후의 일이다. 시간의 밀도는 좀 다른 탓에 지금 당장 환생하면 20세기 중반의 지구에서 태어나게 된다.

즉, 지구에서 아직 양념치킨이 세상에 나오기 전이다. 아무런 문제가 없었다.

"하지만 몸에는 별로 안 좋을 것 같군."

소 한 마리나 돼지 한 마리와는 달리 양념치킨은 공력 증진에는 별로 도움이 되지 않는다. 그냥 맛있을 뿐이다.

"몸에 안 좋은 게 입에는 좋은 법이지."

그리고 사실 요리는 맛있으면 그만이기도 하다.

"처음 듣는 말인데. 그렇지만 와 닿는군."

리처드 남작은 낄낄 웃으며 조끼를 비워냈다.

"아, 그렇지. 바투르크가 안부 전해달라고 하더군."

바투르크를 비롯한 오크 기사들은 장원의 위치를 브뤼

델로 옮기고 여전히 로렌에게 충성을 바치고 있었다. 그들은 대외적으로는 라핀젤의 기사들이고, 비록 라핀젤이 자작령을 내려놓긴 했지만 여전히 구 발레리에 대공령의 계승권자인 귀족이기에 다들 그리 이상하게 여기지는 않았다.

"그 맛 좋은 돼지를 한 번 더 개량했어. 브뤼델에서만 손에 넣을 수 있는 것들이 있다던데, 그걸 활용했다고 하더군."

브뤼델은 북해의 대표적인 무역항으로 국제적인 물류의 중심지다. 이 세상에서 브뤼델에서만 손에 넣을 수 있는 식재료는 분명히 있다. 그게 뭔지는 바투르크에게 직접 물어봐야 알 수 있겠지만 말이다.

"더 맛있어졌고, 몸에도 좋고, 기사도 수련에 큰 도움이 되지. 내가 한 번 더 탈각의 경지를 연 것도 그 돼지 덕이 컸어."

"정말로? 대단하군."

이미 예상은 했기에 그리 놀라진 않았다. 방금 전까지 주먹을 맞대던 사이다. 알아채지 못하는 게 더 이상하다.

"너도 슬슬 먹으러 오라고 전해달라더군."

"그렇군. 기대되는데? 시간을 내보도록 하지."

지금 맛있는 걸 먹고 있음에도 불구하고 로렌의 입에서는 침이 고였다. 그러자 리처드 남작이 다시 한 번 힘주어 말했다.

"바투르크가 그렇게 열심히 기른 돼지야. 꼭 먹으러 오라고."

바투르크는 리처드 남작을 그렇게 경원시하는데 리처드 남작은 이렇게 바투르크를 아낀다. 이런 걸 보면 마치 바투르크가 잘못하는 것 같지만, 로렌은 리처드 남작이 바투르크에게 달려들어 억지로 아보가르도류 박투술을 수련하는 걸 보고 그런 생각을 접었다.

"열심(熱心)의 경지라 하지."

로렌은 맥락도 없이 말했다. 그럼에도 잘 알아들은 리처드 남작은 고개를 끄덕였다.

"좋군."

뜨거운 심장의 경지. 화산의 칼데라 호에서 얻은 뜨거운 공력을 다룸으로써 올라설 수 있는, 전례 없는 새로운 경지의 이름이 붙여지는 순간이었다.

"그럼 일어날까."

식사도 했겠다, 새 경지의 이름도 붙였겠다. 이제부터 할 일은 하나뿐이었다.

아보가르도 박투술의 수련, 다시 말해 대련이었다.

*　　　*　　　*

리처드 남작은 일주일을 머물러 있다 갔다.

로렌과 리처드 남작, 서로 간에 큰 도움이 된 일주일이었다. 리처드 남작은 열심의 경지에 대한 실마리를 얻어갔고, 로렌은 작년에 승화의 경지에 오른 후 1년 간 정체되어 있던 기사도 성장의 벽을 뚫었다. 두 번째 탈각의 경지에 오른 것이다.

"좋군."

확 불어난 공력의 양과 더불어, 승화의 경지에 오른 덕에 한층 질이 좋아진 근육이 많이 붙었다. 리처드 남작처럼 우락부락한 모습은 아니었지만, 보기 좋게 적당히 근육이 붙었다.

그 덕분에 근력도 크게 늘었고, 체중도 붙어 굳이 공력을 사용하지 않아도 워 오우거급의 파괴력을 낼 수 있게 되었다.

"이제 다시 탈란델에게 돌아가 각인기예의 교습을 받을 차례로군."

각인의 힘은 따로 쌓는 게 좋다지만, 공력은 여전히 각인의 힘을 대신할 수 있는 좋은 대용품이었다. 더 질 좋은 공력을 대량으로 쌓았으니, 각인기예를 배우는 데도 틀림없이 큰 도움이 될 터였다.

로렌은 긴 한숨을 내쉬었다.

"아직 시간은 많아. 조금은 여유를 부려도 되지 않을까?"

조금 지쳤다. 리처드 남작은 헤어지기 직전까지 로렌과 주먹을 맞대길 원했다. 로렌도 꽤나 수련광이지만, 리처드 남작만은 못한 것 같았다.

어차피 본선은 다음 생애였다. 로렌으로서의 삶은 뒤이어 찾아올 김진우로서의 싸움을 뒷받침하는 삶이나 다름없었다.

시간이 얼마나 남았을까?

로렌의 수명은 대충 잡아도 60년은 남았을 것이다.

아니, 60년만으로 끝나진 않을 것이다.

오크의 수명은 짧지만, 바투르크를 비롯한 오크 기사들은 탈각의 경지에 오름으로써 육체 나이를 전성기로 되돌리고 있었다.

로렌에게도 같은 일이 가능하리라는 건 쉽게 예상할 수 있었다.

"40대쯤 탈각의 경지에 오르게 되면 20년씩 벌 수 있을 테니… 100년 이상 남았군."

다시 탈각의 경지에 오를 수 있을 것이라고 예상하는 것은 과연 오만일까? 그러나 로렌은 자신이 있었다. 어떻게 하면 탈각의 경지에 오를 수 있을지에 대한 감을 이번에 확실히 잡았으니 말이다.

앞으로 두 번은 더 탈각의 경지에 오를 수 있을 것이다. 로렌은 확신에 가깝게 예측했다.

매번 탈각의 경지에 오를 때마다 다음 탈각의 경지에 오르기까지의 난이도도 오르고, 그에 비해 얻는 공력의 양이나 다른 신체적인 능력의 증강은 줄어들고 있었다. 그러나 젊음을 되찾을 수 있다는 것만 해도 탈각의 경지가 갖는 가치는 대단했다.

그러니 아무리 보수적으로 계산해도 로렌에게는 100년 이상의 시간이 남아 있는 셈이 된다.

로렌은 푹신한 소파에 몸을 파묻었다.

생각해 보면 뭘 그렇게 가열 차게 살아왔었나, 하는 생각이 들었다.

로렌은 여태까지 단 하루도 허투루 쓰지 않았다. 처음에는 살아남기 위해, 이어서는 승리하기 위해, 그리고 이제는 강해지기 위해 시간을 쓰고 있었다.

요 1년간도 사실은 휴양으로 쓰자고 일부러 레물로스 왕국으로 여행까지 왔건만, 결국 하고 있는 건 수련이었다.

시간은 많이 남았고, 여유를 좀 가져도 상관없을 상황임에도.

"이것도 트라우마지. PTSD야."

세계의 멸망을 지켜보고, 멸망 후의 세계를 홀로 지내야 했던 괴로운 경험이 로렌으로 하여금 지나치게 자신을 채찍질하도록 만든 것이다.

"이제는 좀 쉬어도 되지 않을까?"

딱 하루만 쉬자. 로렌은 그렇게 결정했다.

*　　　*　　　*

3년 후.

모든 것이 순조로웠다.

비록 기사도의 성장은 정체되었지만, 어느 정도 늙은 후 탈각의 경지에 올라 수명을 늘릴 것을 생각하면 좀 정체되는 편이 오히려 더 나았다. 필요하면 언제든 탈각의 경지에 오를 수 있다. 오를 수 있지만 오르지 않은 것뿐이다.

마법이나 정신 능력도 기사도와 마찬가지로 크게 성장하지는 않았다. 마법의 성장은 너무 조급하게 생각할 필요가 없다. 정신 능력도 멜라니라는 스승을 만난 덕에 크게 성장한 거지, 원래 그렇게 빠른 진전을 보일 능력은 아니다.

로렌은 지금 스무 살이다. 시간은 많았고, 그는 아직 젊었다. 이 젊음으로 이루기 어려운 성취와 성공을 거두었다.

로렌이 개발해 낸 양념치킨은 그야말로 대성공을 거두었다. 대륙 북부 전체가 로렌의 양념치킨에 열광하고 있었으며, 대륙 중부에의 진출도 성공적으로 이뤄졌다.

사업만 성공한 건 아니다. 기사도와 마법, 정신 능력의 수련을 좀 뒤로 미뤄둔 대신, 로렌은 그간 각인기예에 많은 시간을 투자했다.

그리고 그 결과, 그는 일곱의 상격을 전부 얻는 데도 성공했다. 탈란델이 본격적으로 로렌을 질시하게 될 정도의 성취였다.

그리고 이 성취에는 명률법의 도움이 있음을 부정할 수 없었다. 로렌은 외모의 변형 없이 그랑 드워프의 특질만을 빌려오는 데 성공했다. 란츠 드워프가 아닌 용의 연대에 활약했던 그랑 드워프 말이다.

확실히 이전보다 덜 치열하게 살긴 했지만, 성장하지 않은 것도 아니고 성취가 없었던 것도 아니며 성공하지 못한 것도 아니다.

모든 것이 순조로웠다.

바람은 그가 향할 방향으로 불고 있었으며, 그가 할 일은 그저 돛을 펴고 바람을 가득 받는 것뿐이었다. 배 위에서 누워 뒹굴며 치킨을 주워 먹든, 뭘 하든 배는 앞으로 향할 것이다.

그렇게 생각했었다.

그렇게 생각할 때였다.

'그것들'이 바다 너머에서 찾아왔다.

58장
다시 한 번

'그것들'은 로렌이 이미 한 번 목격한 적이 있는 것들이었다.

정확히는 로렌으로서는 처음 목격했다. 이전에 본 건 지구에서 그가 김진우라는 이름으로 불리고 있을 때의 일이었다.

지구인들은 '그것들'에 다양한 이름을 붙였지만, 그것이 아무런 의미도 없는 짓임을 깨닫는 데는 오래 지나지 않았다.

최후에 그것들은 그저 괴물이라 불렸을 따름이다.

멸세(滅世)의 괴물들.

김진우의 원수이자, 로렌의 최종 목표물.

'미래에 한 번' 지구를 멸망시켰던 그 괴물들은 아무런 전조도 없이 이 세계로 날아 들어왔다.

"역사가 바뀌었어!"

원래대로라면 지금 이 시기에 괴물들이 이 세계를 습격할 일은 없었다. 앞으로 200년간 아무런 위기도 없이 안온한 세월이 흘러가는 것이 정해진 미래였다.

그러나 이미 역사는 바뀌었다.

누구에게 불만을 털어놓을 수 없었다. 괴물들이 찾아온 이상 싸워야 했다. 패배하면 이 세계는 멸망한다. 미래의 지구처럼 말이다.

로렌은 온 힘을 다해 필사적으로 싸웠다.

로렌은 김진우보다 강했으나, 그의 힘은 멸망을 막기에는 여전히 부족했다. 괴물들을 죽이고 죽였으나, 괴물들이 이 세상을 멸하는 것을 막을 수는 없었다.

사람들은 죽어나갔고, 대지는 독에 물들었고, 저주와 역병이 휘몰아쳤다.

괴물들이 이 세상을 멸망시키는 데는 1년도 필요로 하지 않았다.

모든 것이 끝났다.

이제는 아무런 생명도 잉태하지 못하게 된, 멍든 대지에서서 로렌은 울부짖었다.

"몰랐어!"

비겁한 변명일 뿐이다. 로렌은 이미 자신의 회귀로 인해 뒤바뀐 역사를 보았다. 그렇다면 앞으로도 바뀔 거라고 예상했어야 했다.

모든 것이 순조로웠다고 생각한 게 바보 같았다. 로렌은 스스로의 어리석음에 질려 버렸다. 이 정도면 충분할 거라고 생각했지만, 그 생각은 완전히 틀렸다. 멍청한 생각이었다.

그러나 지구에서 인세의 최후를 맞이했던 때와는 달리 로렌의 마음은 절망에만 물들어 있지는 않았다.

"이제는, 이제는 써도 되겠지."

최대한 많은 정보를 가지고 돌아가기 위해 마지막까지 아껴두었던 주문.

그 최후의 주문이 그에게는 남아 있었으니까.

"제발… 제발."

마지막으로 남겨둔 마력이 네 개의 마력 서킷을 간신히 채웠고, 주문은 발현되었다.

"성공했다."

절망과 희망, 괴로움과 기쁨이 교차한 표정을 지으며, 로렌은 주문의 이름을 말했다.

"회귀 주문."

실패를 성공으로 되돌리기 위한 로렌의 최후의 주문.

이번에는 성공하리라. 그 굳은 결의와 함께.

로렌은 또 한 번의 기회를 얻었다.

*　　　*　　　*

"컥?! 크아아악!!"

갑작스레 찾아온 격통에 로렌은 그 자리에 머리를 감싸 쥐고 쓰러졌다. 그 자리에 널브러져 한참을 꿈틀대던 로렌은 간신히 바닥을 기어 벽에 등을 기대고 앉았다.

"헉… 헉……."

식은땀으로 전신이 축 젖었다. 아직도 지끈거림이 남아 있어, 로렌은 미간을 찌푸린 채 이를 갈았다.

한숨을 한 번 푹 내쉬어 호흡을 진정시킨 후에나, 로렌은 가슴에 손을 얹고 엘리시온의 경이를 발동시킬 여유를 얻을 수 있었다.

로렌이 경이의 힘까지 빌린 이유는 그저 고통을 진정시키고 소모된 정신력을 회복시키기 위해서만은 아니었다. 갑작스럽게 파괴된 두 개의 마법 서킷을 회복시킬 수 있는 방법은 오직 엘리시온의 경이뿐이었기 때문이었다.

아니, 로렌이 인지하기에 그것은 갑작스러운 일이 아니었다. 그는 어째서 자신의 마법 서킷이 파괴됐는지 생생하게 기억한다.

그리고 어째서 자신이 그런 선택을 해야 했는지도 확실히 알고 있었다.

"3년… 인가."

로렌은 방금 전, 혹은 3년 후에 회귀 주문을 사용했다.

로렌의 머릿속에는 향후 3년간의 기억이 고스란히 담겨 있었다. 로렌이 인지하기에는 방금 전까지의 일이었다. 로렌의 고통은 3년 후의 자신과 지금의 자신 사이에 존재하는 간극을 줄이기 위한 것이었다.

사실 고통의 이유는 그것만이 아니었다.

절망, 후회, 그리고 회한.

입술을 짓씹은 탓에 피가 흘러나왔다.

"치킨이나 먹고 맥주나 마시며 놀고 있을 때가 아니었어!"

로렌은 지면을 쾅 내려쳤다. 지나치게 강력해진 근력 탓에 작은 지진을 방불케 할 정도로 지면이 흔들렸지만, 로렌은 자각조차 못 했다.

"3년 후, 이 세계는 멸망한다."

로렌은 사이비 예언가처럼 말했다. 그리고 스스로가 사이비이길 간절히 빌었다. 그러나 로렌이 '앞으로 3년간' 직접 보고 듣고 경험한 기억은 그가 헛된 믿음에 몸을 던지지 못하게 만들었다.

멸망한 세상에 홀로 서 있어야 하는 미래.

그것은 로렌이 아무것도 하지 않으면 확정될 미래였다.

"…이러고 있을 때가 아니야."

엘리시온의 경이가 가져다준 축복 덕에 육체적으로는 이미 완전히 회복되어 있었다. 정신력과 마력도 온전했다.

그렇다면 지금 당장 움직여야 했다.

방금 전까지 그는 여유가 있으니 하루만 쉬자고 생각했었다. 리처드 남작과의 격렬한 대련 끝에 지쳐 버린 탓이었다. 이 쉬어버린 하루를 얼마나 후회했는지 모른다.

로렌은 일어섰다.

* * *

로렌은 지구가 멸망하는 모습을 어제 일처럼 생생하게 기억한다.

그것은 그가 김진우로서 본 광경이었다.

그리고 3년 후의 로렌으로서 본 광경이기도 했다.

"그걸 내게 또 보여주다니."

로렌은 이를 갈았다.

지구를 멸망시킨 괴물들과 3년 후에 이 세계를 멸망시킬 괴물들은 같은 존재다. 적어도 겉모습은 같고 그 능력과 능력을 사용하는 방식도 같았으며 그 의도와 목적 또한 명확히 동일했다.

'인류 말살.'

괴물들의 궁극적인 목적은 바로 그것이었다.

의문점은 많았다. 왜 로렌 하트의 시대에는 찾아오지 않았던 괴물들이 지금 로렌의 시대에는 불과 3년 후에 이 세계에 찾아온 것인가? 그리고 왜 지구에 나와야 할 괴물들이 이 세계에 등장했는가?

3년 후의, 회귀 주문을 사용해 돌아오기 전의 로렌도 줄곧 의문으로 여겼다.

가설이야 있다. 하지만 증명할 방법이 없는 가설은 그저 가설일 뿐이다. 가설을 증명하려면 뒷받침이 될 만한 논거가 필요했다.

그리고 로렌은 증언을 해줄 만한 존재를 하나 알고 있었다.

인류 의회.

이 세계를 신과 드래곤들의 손에서 빼앗아 인류에게 돌려

주었다는 죽은 자들의 사회.

3년 후의 로렌은 괴물들에 의해 기습당해 저항하느라 정신없어서 알아볼 생각도 제대로 하지 못했다.

하지만 지금은 다르다. 3년밖에 시간이 없긴 하지만, 여유 시간이란 게 전혀 없었던 3년 후보다는 낫다.

로렌은 인류 의회와 대화할 수 있는 유일한 창구를 찾아가기로 했다.

* * *

루시아 대공령은 로렌이 머물고 있는 곳에서는 지나치게 멀었지만, 그 거리는 큰 문제가 되지 않았다.

평소라면 한 번 사용하는 것도 버거울 텔레포테이션이었지만, 로렌은 과감하게 엘리시온의 경이 파편의 힘을 빌려 루시아 대공령까지 이동하는 데 성공했다.

로렌은 경비병을 통하지도 않고, 루시아 대공의 집무실로 바로 이동했다. 대단히 무례한 행위였으나, 로렌은 상관할 생각이 없었다.

눈앞에서 갑자기 로렌이 나타나자, 루시아 대공은 크게 놀라 자리에서 일어나며 외쳤다.

"호국경 각하! 레물로스 왕국에 계시다고 들었는데……."

"루시아 대공."

로렌은 루시아 대공의 말을 끊었다.

"에카테리나를 불러주세요. 아니, '그분들' 중 누구라도 상관없습니다."

그 순간, 루시아 대공의 눈동자가 순간적으로 텅 비었다. 다음 순간, 그 자리에는 루시아 대공의 모습을 한 에카테리나가 있었다.

"오랜만이로군요, 호국경 각……."

로렌은 에카테리나의 말을 끝까지 듣지 않았다. 그보다 먼저 자신의 심상(Image)을 텔레파시로 에카테리나에게 전송해 주었다.

이 세계를 파멸로 밀어 넣는 괴물들의 모습을 담은 심상이었다.

"이, 이건……!"

에카테리나는 크게 놀라 눈을 끔벅였다.

"앞으로 일어날지도 모르는 일입니다."

로렌은 에카테리나에게 제대로 놀랄 시간도 주지 않았다. 그는 잘라 말했다.

"예언인가요? 비전(Vision)? 이런 능력을 갖고 있다는 말은 듣지 못했는데……."

에카테리나는 횡설수설했다. 로렌은 그런 그녀를 납득시

킬 설명을 할 생각이 없었다.

"예카테리나, 저는 바쁩니다. 본론부터 이야기하죠."

*　　　*　　　*

지구와 달리 이 세계는 원판 모양이다. 하나의 대륙과 여러 크고 작은 섬으로 이뤄진 이 세계의 끝은 전부 바다이며, 그 끝은 벽과 같은 것으로 막혀 있다. 그 벽은 무엇으로도 뚫을 수 없다고 고래로부터 일컬어져 왔고, 그 명칭은 세계의 벽이라 불렸다.

그런데 괴물들은 바다 건너에서부터 찾아왔다.

세계의 벽을 뚫고 왔다.

원래대로라면 있을 수 없는 일이다.

하지만 그 있을 수 없는 일이 일어났다. 그리고 세계를 파멸시켰다.

"그, 결론부터 말씀드리면… 당신의 예상이 맞습니다."

예카테리나는 망설이듯 대답했다. 그녀도 대답하기에 망설여질 만도 했다. 이 일에 인류 의회의 책임이 있다는 것을 인정하는 발언이니 말이다.

"제 전임자들이 당신과 라핀젤 자작, 그리고 다르키아 왕국을 멸망시키기 위해 과도한 자원을 투입했습니다."

"몇 명의 축복받은 자를 만드는 것이 그렇게까지 과도했나요?"

"아뇨, 몇 명이 아닙니다."

예카테리나는 입술을 깨물었다.

"저도 당시에는 그렇게 생각했습니다만, 후일 감찰 결과로 그들 파벌이 저지른 비리가 드러났습니다. 그들은 란체 드워프 용병 전부와 워 오우거 종족 전체에 큰 영향을 미쳤어요."

그랬던 건가. 로렌은 뒤늦게 납득했다.

이상하다고는 생각했다. 로렌 하트 시대에 란체 드워프는 그렇게까지 엄청난 강병이지는 않았고, 워 오우거들은 마법에 살살 녹는 아이스크림 같은 존재였다.

그런데 로렌이 직접 맞닥뜨린 란체 드워프와 워 오우거는 그가 알고 있던 것보다 훨씬 강력했다. 란체 드워프 하나하나가 기사에 필적하는 힘을 지니고, 워 오우거는 화염 폭발에도 작은 부상만 입을 뿐이었으니까.

당시 로렌 하트는 어쨌든 최고 책임자였고, 섣불리 전선에 나갈 수 있는 입장이 아니었다. 그렇기에 로렌 하트가 받은 전황 보고서에 오차가 있었을 뿐이라고 로렌은 생각했다.

그런데 그게 아니었던 것이 이번에 드러나게 된 것이다.

"의회의 인증 절차를 거치지 않은 불법적인 개입으로, 행정 절차 전반에 걸쳐 조직적으로 부정이 저질러졌습니다. 드워프 파벌과 오우거 파벌의 묵인하에 저질러진 범죄였습니다."

인간 파벌이란 자들이 인간만을 영주에 앉혀놓기 위해 다른 종족의 능력을 강화했다.

딱 들어서는 이렇게 어리석은 짓을 정말로 할까 싶은 일이지만, 실제로는 이런 일이 왕왕 일어나곤 한다.

나랏돈을 자기 마음대로 쓰던 자가 민중의 반발 앞에 닥치자, 외세를 끌어들여 자국민을 학살한 사례도 있다. 결국 그자는 자신이 끌어들인 외세에 의해 살해당했지만 말이다. 사악하면서도 어리석고 나약한 인간이었다.

노예 해방에 반발한 나머지 외국군을 끌어들여 자국을 멸망시키려고 획책한 자들도 있었다. 그들은 로렌이 직접 숙청했다. 그들의 목숨을 거두고 재산을 환수한 후 몰려온 외국군을 상대로 맞서 싸워 승리했다.

지구에서도 일어났던 일이고, 이 세계에도 일어났던 일이다. 그러니 인류로 구성된 사후 세계의 의회에서도 일어날 수 있는 일이다.

"그 개입에는 실로 막대한 자원이 동원되었고, 그 자원은 본래 이 세계를 지키기 위한 자원이었죠."

예카테리나가 방금 말한 내용은 인류 의회가 그들의 힘으로 세계의 벽을 유지하고 있었다는 의미임과 동시에, 원래대로라면 그 용도로 사용되어야 할 힘이 다른 곳에 사용되는 바람에 벽이 뚫렸다는 의미이기도 했다.

"하지만 우리는 오랜 세월 동안 평화 속에 살았고, 그 평화는 우리의 위기감을 무디게 했습니다. 차원의 저편에서 우리의 세계를 노리는 적들이 찾아올 수 있다는 것을 망각하게 만들었죠."

예카테리나는 한숨을 내쉬었다. 그녀의 일그러진 표정은 참으려고 했지만 참을 수 없어서 무심코 한숨을 내쉬고 말았다는 인상을 주었다.

"즉, 당신이 보여준 이 비전은 저희의 오만이 빚어낸 결과로 일어날 수 있는 일 중 하나가 맞습니다. 정말로… 이런 일이 일어난다면 말이죠."

"일어날 겁니다."

로렌은 확신을 가지고 말했다.

"이대로 아무것도 안 한다면요."

"이대로 아무것도 안 하지는 않을 겁니다."

예카테리나는 강한 어조로 빠르게 대답했다.

"그저 하나의 가능성일 뿐이더라도 의회에선 추가 예산을 편성하고 대책을 세울 겁니다."

그럼에도 예카테리나의 표정은 어두웠다.

"그… 이런 일이 정말로 일어날 수 있는 겁니까?"

로렌이 예카테리나에게 보여준 심상은 가히 신과 같은 힘을 휘두를 수 있는 인류 의회의 의원씩이나 되는 자가 이렇게도 불안감에 휩싸이게 만들어놓고 있었다.

하긴 그랬다. 3년 후, 이 세계가 멸망할 때 인류 의회는 제대로 모습을 드러내지 못했다.

3년 후의 로렌은 인류 의회의 구성원들이 이 세계를 내팽개치고 다른 세계로 도망쳤을지도 모른다고 여겼지만, 예카테리나의 반응은 로렌으로 하여금 더 안 좋은 가정을 택하게 만들었다.

인류 의회는 괴물과의 싸움에 패퇴하고 소멸했다. 그래서 세계의 대위기에도 모습을 드러내지 못했다.

이 가설이 참이라면 이 대위기 앞에서는 인류 의회조차 큰 도움은 안 될 것이다.

"아무것도 안 한다면요."

그러나 로렌은 실망을 접고 태연함을 가장하며, 예카테리나의 질문에 조금 전과 똑같은 대답을 돌려주었다.

예카테리나에게 해줄 이야기는 이제 모두 끝났다.

더 낭비할 시간이 없었다. 인류 의회가 큰 역할을 해주리라는 기대는 할 수 없었다. 그저 미리 알림으로써 전보다는 약간은 더 도움이 되었으면 좋겠다는 미약한 소망만이 전부였다.

"이제 어쩌실 겁니까?"

그렇기에 로렌은 그런 예카테리나의 질문에 짧고 간결한 대답을 돌려주었다.

"할 겁니다."

뭐든지.

뭐라도.

*　　　*　　　*

대체 어떻게 해야 이 위기를 극복할 수 있을까. 회귀 주문을 통해 미래의 기억을 고스란히 지니고 있음에도 불구하고 로렌은 그 답을 쉬이 낼 수 없었다.

그저 최선을 다할 뿐이다.

다시금 각오를 다진 로렌은 바로 브뤼델을 향해 텔레포테이션을 사용했다.

목적지는 브뤼델에 위치한 바투르크의 장원이었다.

바투르크는 제자를 많이 받았다. 상당수가 오크였으나, 전부 오크인 것은 아니었다. 그는 명망 높은 기사였으며, 억만금을 주더라도 그에게 기사도를 배우고자 하는 자들이 많았다. 설령 그가 오크라 하더라도 말이다.

바투르크는 금욕적인 자였으나 주는 돈은 거절하지 않고 받았다. 그 돈은 모조리 더 좋은 돼지를 기르는 데 쓰였다. 제자들은 기사도를 배우고 남은 시간에는 돼지를 쳤는데, 돼지를 먹어본 이들은 모두 돼지치기에 열심이었다.

백 년만 이대로 내버려 두면 바투르크의 장원은 대륙 전체에서 가장 이름난 기사도의 장원이 될 터였다. 보고서를 받아본 로렌도 그렇게 만들 생각이었다.

하지만 이제는 상황이 달라졌다.

이 세계에 남은 시간은 3년.

백 년을 들여 대계를 짜고 있을 틈이 없었다.

"주군!"

로렌의 갑작스러운 방문에 바투르크는 놀랐으나 그 놀라움은 환희와 반가움에 가까웠다. 로렌은 그런 바투르크의 반응에 기뻤으나 기쁨을 만끽하고 있을 틈은 없었다.

로렌은 바로 바투르크에게 다가가 그의 등을 세 번 쳤다.

팡, 팡, 팡!

"크헉!!"

바투르크는 로렌에게서 등을 맞고 그 자리에 쓰러져 피를 토했다. 그러나 곧 부들부들 일어나 가부좌를 틀고 앉았다. 이게 무슨 짓이냐고 묻지도 않았다.

그야 그렇다. 30년의 공력을 받았다. 그것도 승화의 경지에다 열심의 경지에까지 오른 기사의 공력을. 조금이라도 더 자기 것을 만들기 위해서 전심전력을 다해 집중해도 모자랄 판이었다.

"다음, 구유카르크!!"

로렌은 구유카르크와 뭉카르크, 수부타르크의 세 오크 기사에게도 같은 짓을 했다. 120년 분량의 공력을 다 주고 나니 로렌의 이심도 텅 비어버렸다. 로렌은 헐떡이며 그 자리에 주저앉았다. 공력을 완전히 소모했으니 다시 찾는 데도 시간이 오래 걸리리라.

평소라면 절대 하지 않을 짓이었다. 로렌 또한 마법사였고, 마법사식으로 사고한다. 그 분야가 전공이 아닌 기사도라 한들, 혹시나 다른 이들이 자신을 따라잡을까 두려워서라도 절대 공력을 나누려 들지 않았으리라.

하지만 지금은 상황이 달랐다.

"최대한 많은 기사가 필요하다. 승화의 경지에 오른 기사가 최소한 일백은 필요하다."

헐떡이던 로렌은 금방 다시 일어섰다. 엘리시온의 경이가 준 힘 덕분이었다. 이 정도로 막대한 공력을 단번에 회복시켰다. 일전에 회귀 주문의 사용으로 인해 파괴당한 두 개의 마법 서킷을 회복시킨 탓도 있는지, 경이 파편의 빛은 상당히 줄어들어 있었다.

로렌은 한숨을 푹 내쉬었다.

처음 공력을 주입받은 바투르크가 가장 먼저 신색을 회복하고 몸을 일으켰다.

"주군, 이것은 대체……."

"길게 설명하고 있을 시간은 없다."

로렌은 냉랭하리만치 차가운 어투로 말했다.

그리고 말보다 먼저 텔레파시로 바투르크에게 필요한 정보를 건넸다. 그것은 화산과 드래곤의 도움 없이도 승화의 경지와 열심의 경지에 도달할 수 있도록 조정한 수련법이었다.

"헉! …이렇게 귀한 정보를……."

바루트크는 텔레파시에 익숙하지 않은 듯 몸을 부들부들 떨다가도, 로렌이 넘겨준 정보를 확인하고 눈을 크게 떴다.

그러나 로렌이 넘길 정보는 그게 전부가 아니었다. 로렌은 계속해서 바투르크의 머릿속에 정보를 강제로 쑤셔 넣었다.

한 세대 더 발전한 양돈 방식과 사료 조달법, 돼지의 공급이 원활해지면서 점차 먹지 않게 된 돼지 뼈와 돼지 껍데기, 돼지 내장의 조리법.

"주군, 이런 정보를 어디서 손에 넣으신 겁니까?"

내용을 전부 전달받은 바투르크는 한숨을 내쉬며 로렌에게 물었다.

텔레파시의 부작용이라 할 수 있었다.

돼지 뼈나 껍데기, 내장 따위를 먹게 된 건 식량 부족으로 인해 개발된 조리법이었다. 멸망의 때가 다가왔을 때 개발된 일련의 조리법에는 굶주림과 절박함이 묻어날 수밖에 없었다. 그리고 그 부정적인 이미지가 텔레파시에도 같이 묻어간 것이다.

그럼에도 로렌은 이 내용을 바투르크에게 전달해야만 했다. 뼈나 내장 따위가 공력 증진에 더 큰 도움을 주기 때문이기도 했지만, 단순히 더 많은 제자에게 더 많은 돼지를 먹여야 하기 때문이기도 했다.

"2년. 2년 내에 승화의 경지에 오른 기사를 백 명 이상 키워내도록."

로렌은 단호하게 명령했다.

누가 들어도 도가 지나친 명령이다. 지금 이 세계에 승화의 경지에 오른 기사라곤 로렌과 리처드 남작, 단둘뿐이니까. 바투르크조차도 아직 승화의 경지에는 오르지 못했다. 그런데 바투르크에게 그 수준의 기사를 백 명이나 길러내라고 주문하다니, 억지도 정도껏 부리란 말이 나올 법도 했다.

하지만 로렌은 억지든 뭐든 이렇게 명령해야만 했다. 이 최소한도의 목표에 도달하지 못한다면 어차피 다 죽는다.

로렌의 단호함에서 뭘 느낀 건지, 바투르크는 더 이상 한숨을 내쉬지 않았다.

"알겠습니다, 주군. 전력으로 진력하겠습니다."

각오를 굳힌 듯, 청명한 눈동자로 대답한 바투르크를 오래 바라보고 있을 수는 없었다. 고개를 두 번 끄덕인 로렌은 텔레포테이션을 사용해 그 자리를 떴다.

*　　　　*　　　　*

로렌이 그다음으로 향한 곳은 로렌 소유의 기업 그룹인 로하트 그룹의 사장실이었다. 하이어드 네델트가 그를 맞아들였다. 로렌은 그의 인사를 받지 않고 곧장 결론부터 말했다.

"모든 사업 확장을 중단하고 잉여 자금 전부를 방주 건조에 돌려라. 2년 내로 20척 완성을 일단의 목표로 삼겠다."

"예?! …알겠습니다."

의문점을 느껴도 일단 명령부터 따르고 생각한다. 하이어드 네델트의 이런 점을 로렌은 늘 높게 평가하고 있었다.

"전쟁이라도 하실 생각입니까? 회장님."

"그래. 세계 정복이라도 해볼까?"

"…농담이시죠?"

하이어드 네델트는 로렌이 마음만 먹으면 정말로 세계 정복에 나설 수 있다는 걸 알고 있었다. 로렌은 희미하게 웃어 보였다.

"잘 부탁한다."

로렌은 그 자리에서 신기루처럼 사라져 버렸다.

그가 사라진 곳을 멀거니 바라보던 하이어드 네델트는 소름이 돋은 팔을 손으로 마구 쓸어대며 바쁘게 움직이기 시작했다.

* * *

로렌은 바로 다르키아 왕국의 왕궁에 들렀다.

명률법으로 존재를 숨긴 그는 정식 절차를 밟지 않고 바로 왕의 집무실로 향했다.

그리고 그는 서랍을 열고 마치 자기 것인 것처럼 옥새를 집었다. 옥새를 비틀어 연 그는 그 안에 든 엘리시온의 경이 파편을 집어 꺼내고 다시 옥새를 원래의 자리로 돌려놓았다.

다르키아 14세는 로렌이 여기 왔었다는 것도, 뭘 가져갔는지도 모를 것이다.

다르키아 14세와는 얼굴을 마주칠 생각 따위는 처음부터 없었다. 양해를 구하고 옥새를 빌릴 시간도, 정신적 여유도 없었다.

"좀도둑 같군."

로렌으로서도 그리 당당하지 못한 일이었다. 로렌은 쓴웃음을 지으며 다시 텔레포테이션을 사용하기 위해 정신을 집중했다.

*　　*　　*

다음으로 갈 곳은 레물로스 왕국의 제3유적이었다.

"로렌! 늦었군. 아니, 빨랐던 건가?"

"아니, 늦었네."

로렌은 자신을 반기는 탈란델에게 냅다 텔레파시부터 쏴 넣었다. 로렌이 3년 후의 미래에서 얻은 각인기예의 일곱 상격에 대한 깨달음을 심상화해서 던져 넣은 것이었다.

"이건… 이건……!"

탈란델은 너무 놀라서 제대로 말도 못 했다. 로렌은 그를 기다려 주지 않고 바로 말했다.

"자네가 해야 할 일이 있어. 오직 자네만 할 수 있는 일일세."

"…자네, 이상하군. 대체 무슨 일이……."

"이야기는 나중에나 하지. 자네는 이미 대가를 받았네. 대가를 받았으면 일을 해야지."

그 대가란 당연히 일곱 상격에 대한 깨달음이었다. 탈란델은 끄응, 하고 신음 소리 냈지만 이미 그는 로렌이 하라는 대로 할 수밖에 없었다.

"그래, 말하게. 원하는 게 뭔가?"

"제자들을 가르치게."

"그거야 당연히 해야 하는 것 아닌가?"

"유지의 격을 최우선으로."

"……!"

탈란델의 얼굴이 크게 일그러졌다.

"자네, 지금 자네가 무슨 말을 하고 있는지 아는 겐가? 제자로 받은 지 기껏 1년 정도밖에 안 된 놈들일세. 게다가 란체 드워프로 용병질이나 하면서 각인기에 장인들을 땅 찌질이라 멸시해 온 놈들이란 말이야. 그런 놈들한테 상격이라니! 최소한 백 년은 굴려야……."

"이게 내 거래 조건일세, 탈란델."

로렌은 단호하게 탈란델을 분노 섞인 넋두리를 끊어내었

다. 그나마 상대가 탈란델이기에 이만큼 들어준 거지, 다른 놈들 상대였으면 이 정도까지 들어주지도 않았을 것이다.

“어쩌겠는가?”

로렌의 눈치를 보며 눈알을 굴리던 탈란델은 한숨을 푹 내쉬며 천천히 고개를 끄덕였다.

“…받아들이겠네.”

회귀 주문을 사용한 뒤로 지인들의 한숨 소리를 자주 듣는 것 같았다. 그만큼 지금 로렌이 무리한 요구를 하고 다닌다는 의미도 되었다.

그러나 어쩌겠는가? 안 하면 죽는다. 다 같이 죽는다. 로렌 단 한 명만 살아남고 말이다.

라핀젤도 죽었고 탈란델도 죽었다. 바투르크도, 리처드 남작도, 드래곤들도 당연하다시피 죽어나갔다. 로렌은 그 광경을 두 번 볼 생각은 없었다.

“부탁하네.”

로렌은 진심을 담아 머리를 숙였다. 이 완고한 드워프를 설득하기 위해 머리 정도야 숙일 수 있었다. 탈란델은 끙, 하고 신음 소릴 냈지만 더 이상 불평을 늘어놓지는 않았다.

* * *

"다음은 마법사들인가."

로렌은 자신의 어깨를 톡톡 두들기며 혼잣말을 했다. 마법사라 말하면 가장 먼저 떠오르는 이들은 현 궁정 마법사인 베르테르와 다른 제자들이었다.

하지만 그들은 너무 어렸다. 3년 후의 기억으로는 가장 마법적 재능이 뛰어난 샤를로테조차 마법 서킷 세 개를 열지 못했다.

"…마법사들은 뒤로 미뤄야겠군."

역시 마법은 실력을 쌓는 데 시간이 너무 오래 걸린다. 로렌이야 기사도로 탈각의 경지를 열어서 강제로 자신의 신체를 성장시켰기에 빠르게 대마법사에 오를 수 있었지만, 이건 누구나 할 수 있는 것은 아니었다.

"그럼… 이제부터……."

할 일은 정해져 있었다. 단지 할 일이 너무 많을 뿐이었다. 그리고 그중에서 가장 우선순위가 높은 건 이것이었다.

엘리시온의 경이.

엘리시온의 경이 파편은 대상을 완전히 하는 데 그치지만, 완전한 엘리시온의 경이는 성장은 돕고 노화는 늦춰주는 효과가 있었다. 그 말인즉슨, 완전한 엘리시온의 경이는 사람뿐만이 아니라 땅과 물, 공기에도 영향을 미친다는 의미였다.

괴물들은 그 자체로도 강하지만, 그것들이 흩뿌리는 독과 역병, 저주가 더욱 골치 아프다. 괴물들과 혈전을 벌여 쓰러뜨려도 독에 의해 죽어나가고 역병이 퍼지며 저주가 내린 땅은 아무것도 생산하지 못하게 된다.

이러한 독을 정화하고 역병을 낫게 하고 저주를 풀어낼 수 있는 수단은 엘리시온의 경이가 지닌 힘뿐이다. 적어도 로렌은 그것밖에 모른다.

그러니 완전한 엘리시온의 경이가 로렌에게는 반드시 필요했다.

문제는 엘리시온의 경이를 완전케 하려면 과거 엘리시온 왕국과 전쟁해 승리한 국가들의 왕궁을 털어야 한다는 점이었다.

"…후."

쉬운 일은 아니나 불가능한 일은 아니었다.

그리고 로렌은 세계의 멸망을 막기 위해 뭐든 할 생각이었다.

이미 자신을 신뢰로서 대했던 다르키아 국왕조차 배신하고 엘리시온의 경이 파편을 훔쳐온 판이다. 지금 와서 양심이나 도덕 같은 소릴 할 생각 따윈 없었다.

"자, 가자."

로렌은 심호흡을 하고, 가슴 속에 장치해 둔 엘리시온의 경이 파편을 작동시켰다. 잦은 텔레포테이션 사용으로 이미 정신력이 바닥에 가까워진 상황이었다.

파편의 힘 덕에 소모된 정신력은 금세 원상태로 회복되었지만, 잦은 사용으로 인해 파편도 조금씩 빛을 잃어가고 있었다.

"…더 서둘러야겠군."

더 큰 파편일수록 힘의 소모를 줄여준다. 파편을 모음으로써 잃어버렸던 고귀함을 약간이나마 되찾을 수 있다는 것도 로렌은 안다.

그러니 로렌이 지금 할 일은 사치를 부림으로써 고귀함을 채워 넣는 것이 아니라, 한시라도 빨리 엘리시온의 경이를 완성시키는 것이었다.

로렌은 이마에 배어난 식은땀을 닦아내고, 텔레포테이션 사용을 위해 정신을 집중했다.

*　　　*　　　*

장거리 이동을 전부 텔레포테이션만으로 처리하는 건 슬슬 한계에 달해 있었다. 그리고 이제부터는 장거리 이동을 뛰어넘어 초장거리 이동을 해야 했다. 대륙 전체를 돌아다녀야 하니 말이다.

그러니 다른 이동 수단을 마련할 때가 되었다.
“그게 나란 말이지?”
스칼렛은 불쾌해하며 되물었다.
“어.”
로렌은 짧게 대답했다.
“아니, 정확히는 좀 다르군.”
“응? 내가 아냐?”
“그래. 정확히는 멜라니야.”
“내가 아니라?!”
갑자기 스칼렛이 화를 버럭 냈다.
“스칼렛, 너 내가 연습하란 거 해뒀어?”
로렌은 그런 스칼렛의 분노를 무시하고 질문부터 던졌다.
“어? 어, 어어.”
스칼렛이 당황하면서도 대답하자, 로렌은 눈을 빛냈다.
“잘했어.”
“으응? 어, 응.”
“이제부터 그걸 할 거야.”
“…뭘?”
“로렌류 용기술.”
더 이상 텔레포테이션을 통한 이동을 안 한다고는 했지만,

그렇다고 시간 낭비를 할 생각은 없었다. 이제부터 로렌이 해야 할 또 다른 일은 이것이었다.

스칼렛과 멜라니를 탈각의 경지에 올려놓는 것.

드래곤이 원래 인류의 적대자였다는 건 이젠 중요하지도 않다. 이 세계의 멸망 앞에 그런 옛 원한 따윈 사소한 것에 지나지 않았다. 로렌은 스칼렛과 멜라니를 상대로 남겨두었던 일말의 의심조차도 거두고 그녀들의 육성에 박차를 가할 생각이었다.

'최소한 성체는 되어야 쓸 만해지지.'

스칼렛과 멜라니는 둘 다 드래곤으로서 청소년에 불과하다. 진짜 힘을 발휘하게 하려면 더 커야 했다. 그런데 두 드래곤이 성체라 할 만한 나이에 도달하기까지는 최소한 3~400년은 걸릴 것이다. 설령 엘리시온의 경이를 완성한다 한들 그래도 수십 년은 걸릴 터.

그런데 다행히도 드래곤은 엘프와 달리 기사도의 수련이 가능하다. 정확히는 탈 것으로서 기마술 아닌 용기술의 도움을 받는 것이라 수련을 한다기보다는 '당한다'는 쪽에 가깝지만 어쨌든 되기는 된다는 것이 중요하다.

더욱이 스칼렛은 이미 이심의 경지에 올랐다. 이심의 경지에 오를 수 있는데 탈각의 경지에 못 오른다는 법이 어디 있겠는가?

"자, 준비해! 오늘부터 장거리 비행을 할 거야. 멜라니를 불러와, 스칼렛!"

"나, 나는?"

울먹이는 스칼렛의 표정을 보고, 로렌은 회귀 주문을 사용한 후 처음으로 유쾌한 기분이 되었다.

"말했잖아. 너도 가는 거야!"

*　　　　*　　　　*

로렌은 멜라니에게 드래곤 형태를 취하도록 하고, 그녀의 등 위에 올라탔다. 그리고 스칼렛은 자신의 등 뒤에 앉히고 상반신 전체를 밀착시키도록 했다.

"자, 가자!"

로렌의 신호와 함께 멜라니가 하늘로 날아올랐다.

"아, 맞다. 잠깐만."

로렌은 뒤늦게 뭔가를 떠올리고 정신을 집중했다. 그러자 그의 앞에 모건 르 페이가 뿅 하고 나타났다. 로렌이 리콜을 사용해 모건 르 페이를 소환한 것이다.

"로렌 님, 부르셨나요?"

"응, 가자."

로렌은 다짜고짜 모건 르 페이를 품속에 넣었다. 모건 르 페이는 뭔가 말하고 싶어 하는 눈치였지만, 나중에 해도 된다고 생각한 건지 잠자코 로렌의 품속에 들어갔다.

"어디로 가면 돼?"

[여기로!]

멜라니의 질문에 로렌은 텔레파시로 답했다. 지역 명칭으로 말해봐야 제대로 알아듣기도 힘들 테니, 그냥 텔레파시를 통한 심상 전달로 해결한 것이다. 멜라니는 로렌이 전달한 심상으로 방향과 위치를 파악하고 망설임 없이 바람을 헤치며 속도를 내기 시작했다.

"스칼렛, 준비됐어?"

"으, 응!"

스칼렛은 어째선지 대단히 긴장해서 뻣뻣한 목소리로 대답했다. 어쨌든 준비됐다고 대답을 했으니, 로렌은 바로 로렌류 용기술을 시작했다. 그러자 로렌의 이심에서 공력이 뿜어져 나와 스칼렛을 거쳐 멜라니에게 타고 들어갔다.

"스칼렛, 이심을 돌려!"

"어, 알았어!"

스칼렛은 허둥대면서도 제대로 공력을 돌리기 시작했다. 2인분의 이심에서 공력이 뿜어져 나와 자신의 몸을 타고 들어오자, 멜라니가 놀라 몸을 경직시키는 것이 그녀의 등을 타고 앉은 다리에서부터 느껴졌다.

그렇다고 멜라니의 사정을 봐줄 로렌은 아니었다. 로렌은 변함없이 공력을 뿜어내었고, 그 공력은 스칼렛의 이심과도 호응해 더욱 힘차게 공력을 회전시키고 있었다.

두 개의 이심을 거치면서도 별 탈 없이 공력이 순환하는 것은 로렌의 공력 제어 능력이 그만큼 뛰어난 덕분이었다.

지금의 로렌으로서는 이런 경험이 처음이었지만, 로렌에게는 향후 3년간의 기억이 있었고, 그 기억 속에는 이미 이 방법을 시험해 본 경험이 있었다. 그렇기에 이렇게 능숙하게 스칼렛의 서툰 공력 운용까지 보정시켜 가며 원활하게 공력을 회전시킬 수 있었다.

이 경험이 아니었다면 두 드래곤을 탈각의 경지에 올려놓는다는 야심찬 발상을 해내지도 못했을 것이다. 시행착오와 실패는 이미 겪었고, 이제는 성공할 일만 남았다.

"뜨거워, 로렌! 뜨거워!!"

멜라니가 애원했다. 확실히 초심자인 멜라니에게 열심의 경지에 오른 로렌의 공력은 너무 자극적이었을지도 모르는 일이었다.

그래서 로렌은 멜라니에게 회복 주문을 써주었다.

공력의 회전을 그만둔다는 선택지는 처음부터 존재하지 않았다. 향후 3년간의 기억이 없다면 멜라니의 반응에 놀라 공력의 회전을 늦춘다거나 했겠지만, 미래에 일어날 일을 알고 있는 지금의 로렌은 그럴 생각이 없었다.

천 년의 세월 끝에 아테네는 살아남고 스파르타는 멸망했다지만, 로렌이 원하는 건 3년 내의 결실이지 천년의 대계가 아니었다. 로렌은 김진우일 때 흔히 말하는 스파르타식 교육을 혐오했지만, 상황에 따라 싫어하는 짓을 해야 할 때도 있는 법이다.

지금이 바로 그때였다.

*　　　*　　　*

첫술에 배부를 수야 없다.

첫 비행에서 멜라니는 그저 공력의 존재를 느끼는 것에 그쳤고, 스칼렛은 로렌류 용기술의 운용에 조금 더 익숙해졌다는 정도에 그쳤다.

어쨌든 성과는 있었다. 마음이야 급하지만, 계단을 조금 더 빨리 내려가겠다고 창문으로 뛰어내릴 수야 없는 법이다.

'나는 뛰어내릴 수 있을 것 같지만.'

혼자 그런 생각을 하고 로렌은 픽 웃었다.

스칼렛 덕에 아주 약간이나마 마음의 여유란 걸 되찾은 것 같았다. 나쁜 일은 아니었다. 확실히 이제까지는 지나치게 조급증에 시달리고 있었던 경향도 있었으니까.

"그럼 다시 서두를까."

장시간의 비행과 함께 로렌류 용기술의 운용에 완전히 녹초가 된 스칼렛과 멜라니, 그리고 로렌의 품속에서 어느새 잠들어 버린 모건 르 페이를 적당히 잡은 숙소에 던져 넣고, 로렌은 혼자 밖으로 나왔다.

여기는 나일로 신성국. 현대에 들어서도 종교가 남아 있는 몇 안 되는 특이한 국가다.

종교가 남아 있긴 하지만, 그 숭배의 대상은 신이 아니라 인간이라는 점이 문제였다. 이 시대에 제정일치의 신정 국가라니, 신기한 일이지만 나일로 신성국은 용케도 그 국체를 잘 유지하고 있었다.

신민들은 왕을 잘 따르고 숭배하며, 귀족들도 왕에 대한 경애를 바치며 한 치의 부정도 없이 국정에 진력한다. 이 나라에는 세금이란 게 없고 각 신민이 자율적으로 바치는 헌금으로 운영되는데, 그 헌금은 실로 막대하여 왕과 왕가는 풍요롭고 사치스러운 생활을 하고 있었다.

만약 로렌이 나일로 신성국에 처음 오는 거라면 어떻게 이런 일이 가능한지 궁금하게 여겼을 테지만, 로렌은 이미 여기 와본 적이 있었다. 그리고 이 나라의 비밀도 잘 알고 있었다.

"엘리시온의 경이가 비밀에 부쳐진 것도 이 나라 때문이니까."

나일로 신성국의 왕은 병든 자를 낫게 하고 앉은뱅이를 일으켜 세우며 정신 나간 이마저도 제정신으로 돌려놓는 등의 기적을 행하고 있었다.

그뿐만이 아니었다. 주변 국가가 흉년에 들더라도 나일로 신성국은 절대 흉년에 드는 법이 없고, 아이는 빨리 크고 노인은 잘 늙지 않는다.

이 같은 기적들은 전부 엘리시온의 경이가 가져다주는 혜택이었다.

아직 신성국이 되기 전인 인류 연대의 중세 시대 나일로 왕국은 당대에 대단히 강력한 국가 중 하나였다. 그렇기에 엘리시온 왕국와의 전쟁에서도 대규모의 병력을 투입해 큰 성과를 거두었다.

승리의 주역 중 하나가 된 나일로 왕국은 그 전리품으로 박살 난 엘리시온의 경이 파편 중 가장 큰 파편을 가져올 수 있었다.

당시에 나일로 왕국이 획득한 엘리시온의 경이 파편은 파편이라고 하기엔 지나치게 컸기에 덩어리라고 하는 편이 더 나을 정도였다. 그리고 그 덩어리는 그냥 크기만 한 것도 아니어서 원본에 가까운 능력을 발휘했다.

중세의 최강국이었던 엘리시온 왕국의 영광을 재현하다시피 하고 있는 현대의 나일로 신성국은 지금의 황금기를 유지하기 위해 온 힘을 기울이고 있었다.

나일로 왕의 하렘이라 할 수 있는 파티마에는 가장 고귀한 웰시 엘프 여성 100명이 외부와 철저히 격리된 상태로 극진한 보살핌을 받고 있으며, 그들을 위해 대륙 전체에서 모은 온갖 금은보화와 산해진미가 끊임없이 공급된다. 그 보살핌이 어찌나 사치스럽고 호화로운지, 파티마에만 신성국의 국가 예산 절반이 투자된다고 한다.

대외적으로는 나일로 신성국의 왕은 신이나 다름없으며, 그런 왕의 여자들에게 이 정도 혜택은 당연하다는 식으로 변명하고 있었다.

하지만 이는 파티마의 웰시 엘프들로 하여금 엘리시온의 경이를 작동시키는 데 필요한 고귀함을 충족시키기 위한 것이다.

이런 노력이 있기에 나일로 신성국은 끊임없는 황금기를 구가할 수 있었다.

"뭐, 그것도 오늘까지지만."

로렌이 굳이 이 먼 이국 타향에 온 목적이 바로 그 엘리시온의 경이 덩어리를 훔쳐내기 위해서였다. 이 나라에 엘리시온의 경이가 사라지면 신물의 능력에 의존하던 나일로 신성국은 더 이상 국체를 유지하지 못하고 무너질 테지만, 로렌은 개의치 않았다.

애초에 나일로 신성국은 3년 후 세계의 멸망 위기 때 거대한 방벽을 세우고 자국 방어에만 치중했다. 그 덕에 다른 주변국보다 더 오래 버티긴 했다.

열흘 정도 말이다.

엘리시온의 경이 덩어리까지는 바라지도 않았다. 그저 괴물들이 흩뿌린 독과 역병, 저주에 오염되지 않은 식량을 지원해 주기만 했더라도 큰 도움이 되었을 것이다.

하지만 나일로 신성국은 연합군에 대한 모든 지원을 거부하고 그저 성문을 단단히 닫았을 뿐이었다. 신성국으로의 침입을 시도한 피난민들은 죽이고 경고의 의미로 삼기 위해 사지를 찢어 성문 밖에 걸어두기까지 했었다.

"뭐, 지금 시점에선 아직 일어나지도 않은 일이지."

로렌은 당시의 기억을 뇌리에서 쫓아내고 치밀어 오르는 분노를 꾹 눌러 참았다.

자신의 행위를 이런 걸로 정당화시키려는 생각은 없었다. 로렌이 지금부터 할 행위는 그냥 도둑질이었다. 어떤 말로도 변명하기 힘든 나쁜 짓이지만, 로렌은 그냥 저지를 생각이었다. 어줍은 공리주의 같은 걸 떠들 생각도 없었다.

"그냥 내가 필요하니까 훔쳐 가는 거지."

머리를 한 번 저어 잡생각을 쫓아낸 로렌은 명률법으로 자신의 존재를 지워가기 시작했다.

파티마가 눈앞에 보였다. 이제 범행을 저지를 시간이었다.

『전생부터 다시』 8권에 계속…